光文社文庫

文庫書下ろし

うろうろ舟
瓢仙ゆめがたり

霜島けい

光　文　社

この作品は光文社文庫のために書下ろされました。

目次

第一話 うろうろ舟 5

第二話 お伽屋（とぎや） 95

第三話 ひながた 199

第一話

うろうろ舟

——続四十七に記せし、品川川崎の間大森と云処の路店、化物茶屋と云主人は、瓢仙と号して館林侯の医者にて、本氏は間宗玄と云（宗玄隠退して、禄は其子某に与へ、大森へ退居す。瓢仙は其隠退の名なりと）。

——酒も能く飲で専ら化物の往事を説きたるが、其起りは、始めかの宅地を買たるとき、屋根漏、壁破れ、籬傾きたるを、修復せんも費なりと思ひ、古色を其まゝにして化物を其間に絵がき、或は作為て、実は己が慰とし、又は客の笑種にせしを、行旅の岐なれば彼是と言起聞伝へ、後には官辺の隠密など来て捜り策たれど、さほどのことにも非で、こと故なく済しと。

（甲子夜話三篇『大森化物茶屋幷主人瓢仙が事』）

一

お伽屋の銀次がその男と出会ったのはその年の春の終わり、江戸の桜も見頃を終えて新緑に移ろいはじめた弥生の半ばのことだった。

その十日ほど前、銀次は客の一人に呼ばれて、とうかん堀沿いにある線香問屋、多丸屋へと出向いた。客は店の主人の嘉兵衛で、まさか商う品の縁でもないだろうが、例にもれずの怪談好きである。以前にも銀次の持ち込んだ話を幾つか、気に入ったと言って高値で買い取ってくれた上客であるから、お伽屋商売としては無下にできない相手であった。

長屋まで言伝に来た小僧に案内され、裏口から母屋の座敷へ通される。多丸屋にはこれまで自分から売り込みに来る一方だったので、わざわざの呼び出しとは何の用件だろうと、銀次は女中が運んで来た茶を啜りながら首を捻った。

「やあ、銀次さん。呼び立ててすまなかったね」

ほどなく、嘉兵衛が顔を見せた。

多丸屋の主人はこの年で四十五、肉づきのよい体軀に加えて、眉も目尻も下がった丸顔がいつも満面の笑みをたたえているように見えるものだから、会うたび銀次は商家の床の間に飾られている商売繁盛の恵比寿様を思い浮かべてしまう。

「どうだい最近、商売のほうは」

「おかげさまで、食っていくくらいは何とか。ただこのところは、よくあるような小ネタばかりで、足を棒にして歩き回ってもなかなか、面白い話にゃ当たりませんや」

「そりゃ、いくらこの江戸でも、そう毎日不思議なことばかりが起こっているわけじゃないだろうからねえ」

そう言う嘉兵衛の口もとがむずむずと動くのを見て、銀次は自分から水を向けてみた。

「もしや多丸屋さんのほうで、何かご所望の品でも？」

多丸屋が線香を商うのと同様に、怪談は銀次にとって商品である。ネタを仕入れ、子細を調べて嘘のない話に仕立て、客に売る。この「嘘がない」というのが銀次の信条で、そこにかける時間と手間が一番大きい。江戸で唯一の、怪談を売る『お伽屋』を名乗ってこのかた、一貫してその点だけは揺るがない。

「実は今日来てもらった用件というのが、そのことなんだよ。お伽屋では持ち込みだけでなく、客からの依頼でも引き受けてもらえるものなのかい」

「どういう話かってのにもよりますが、もちろん頼まれて引き受けるのはかまいません」

「それはよかった。もし忙しいようなら酔狂につきあわせては悪いと思って、先に訊(き)いたつもりだったのさ」

「そいつぁ、お気遣いなく」

まずは話をうかがいましょうと言うと、嘉兵衛はうなずいて銀次のほうに身を乗りだした。

「おまえさんも、知っているだろう。例のうろうろ舟の話だよ」

「ああ、ふた月ほど前に巷(ちまた)で噂(うわさ)になっていたやつですか」

うろうろ舟というのは、舟遊びの客を乗せた屋形船や屋根船に漕ぎ着けて、飲食物を売り回る小舟のことである。もともとは「売ろ舟」の名であったものが、川面(かわも)をうろうろとさまよって商売をしているように見えることから、いつからか「うろうろ舟」と呼ばれるようになった。売り物は煮物焼き物、果物に菓子、酒や水など、舟によって様々だ。川開きがすんで納涼船が出る時季には、とくに大川の両国あたりは屋形船とこのうろうろ舟で川面も見えないと言われるくらいごった返すのも、江戸っ子には馴染みの光景である。

さて。

そのうろうろ舟にまつわる怪異が人々の口づてに広まったのは、今年の睦月のことだった。

――深夜、一人の男が神田川に架かる橋を渡っていると、川下の水面にぽつりと青い光が浮かんで見えた。月が雲に隠れた真っ暗な夜、明かりといえば男が手にした提灯だけ。あたり一面に墨を流したような闇の中、橋の上に立ち止まったまま、近づいてくる光を息を殺して見つめていると、やがてそれが青い行灯を灯した小舟であることがわかった。「うろうろぉ〜、うろうろぉ〜」と小舟から発せられる掛け声に、ああうろうろ舟かと合点してから、男はにわかにぞっとした。

――いくら何でもおかしなことだ。うろうろ舟の看板は、赤い提灯か行灯がお定まり、青い行灯など聞いたことがない。売り物は何かと男は目を凝らしたが、行灯には何も書かれておらず、ただぼうっと燐のごとき不気味な光が舟の舳先を浮かび上がらせているばかりである。威勢が売りのはずの「うろうろぁ」の掛け声も、いやに低く陰気で、まるで念仏でも唱えているかのようであった。

――何より奇妙なのは、すでに町木戸も閉ざされた刻限に、うろうろ舟が一艘だけでこんなところにいることだ。昼には上りに下りに行き交う船で賑やかな川面も、夜更けには船影も絶えてしんと静まり返る。ましてや凍てつくような睦月の夜に、遊山客を乗せて繰り出す酔狂な屋形船などあるはずもない。だとしたら……。

――あのうろうろ舟は、誰を相手に、何を売っているのか。

――考えるだに男は肝を冷やす思いであったが、一方でむくむくと好奇心が湧き起こった。舟の上に櫓を漕ぐ人影はあるが、侘びしい行灯の光ではそのなりも判然としない。うろうろ舟がちょうど橋の下まで来た時に、男はついに手すりから身を乗りだして、

「おおい」と声をかけた。「おまえさん、何を売っているのかね？」

――だが舟の人影はいっときも漕ぐ手を止めず、橋の上からの声に顔をあげる気配もなかった。うろうろ舟はそのまま橋の下をくぐり抜け、さらに川上へ舳先を向けていたが、ほどなく行灯の火を吹き消したかのように、川面の青い光はふうっと闇の中に消えてしまったという。

「と、まあ、それだけの話でさ」

銀次が語りを締めくくると、嘉兵衛はほうと感嘆の息を吐いた。

「いつもながら、さすがだね。まるで目の当たりにしていたみたいに話すものだ」

「噂についちゃ、一応俺も調べてみましたのでね。実際にその舟を見た当人に会って聞き出したことなんで、間違いはねえかと」

「だったら、今の話は売り物じゃなかったのかい？　聞かせてもらっておいて今さらだが、ここで話してしまってかまわなかったのかね」

「いえ、奴さん……その舟を見たって男ですが、すでに同じ話をあちこちで言いふらしていますんで。それであれだけ噂になって出回ったわけですから、今さら売り物にしてもたいした値にはなりませんや」

銀次は肩をすくめた。それだけと言ったが、つきつめれば、夜更けに見慣れぬ青い看板行灯を灯した一艘の舟が川で目撃されたというだけのことだ。

噂になった当時は銀次も神田川まで足を運んでみたが、一度二度ですっかり懲りた。なにしろ日が暮れたとたんに、怪しいうろうろ舟を一目見ようという物見高い連中が方々から押しかけて、一時期、柳原あたりの橋はどれも人だかりで押すな押すなの大騒ぎであったのだ。

——こんなんじゃ、出るものも出やしねえだろ。

いつか重みで橋が落ちるのではと、銀次は案じたほどだ。そのうち噂に便乗して、自分の小舟にわざわざ青い紙を貼った行灯を置き、見物人目当てに商売をはじめる不届き者まであらわれる始末。ついには役人が出張ってきて、人々を追い返してどうにか騒ぎは収まった。

噂の出どころとなった男も、銀次が酒を奢って話を聞き出したしばらく後に、役人からしこたま小言をくらったとかで、以降は口を閉ざして話を触れ回ることもなくなったらしい。

「で、そのうろうろ舟が、どうかしやしたか」

「それがね、どうにもこうにも気になってしまってね」

「と言いますと」

「くだんの男は、橋から身を乗りだして舟に声をかけたのだろう？　その時に舟の上に何があるのか、見たんじゃないかね？　『売ろ売ろ』と客引きをしていたのなら、必ず売り物はあるはずだよ。一体、その舟は何を売っていたのだろうねえ」

「はあ」

嘉兵衛の口調がにわかに熱をおびて、恵比寿顔がずいと前に突きだされた。銀次は目をしばたたかせた。

「いや、見ちゃいねえと思いますよ。真っ暗で何も見えなかったって」

身を乗りだしてのぞいた橋の下は、水面も見えぬ闇が溜まっていた。舟の青い行灯の光ばかりが、ぼうっと揺れているだけで、

——まるで奈落の底をのぞいて、青い鬼火を見ているような。

確か、男は銀次にそう言っていたのだ。

「どうも、話が拙くて申し訳ありやせん」

しくったなと、銀次は思った。話からその部分を抜かしていた。俺の語りもまだまだってことだ。

「いやいや、おまえさんが悪いんじゃないよ。もちろん、そんなことはない」

そう言いながら、銀次の返答に嘉兵衛はわかりやすく肩を落とす。

「ええと、多丸屋さんは舟の売り物が知りたいんで？」

そうなんだよと、嘉兵衛はしょんぼりとうなずいた。恵比寿様の情けない顔とはこう

いうものかと、銀次はなかなかに感じ入る。

「最初にそのうろうろ舟の噂を耳にした時から、どういうものかそのことばかりが気になってね。それこそおまえさんが言ったように、『誰に、何を売っているのか』って、私もずうっと考えていたんだよ」

一度気になりだすと、寝ても覚めてもそのことが頭から離れない。ふと夜中に目を覚まして舟の売り物はあれかこれかと思いを馳せ、食事をしていても思い出しては箸が止まる。そのうち商いの最中にもぼうっと思い耽るようにもなってしまった。睦月からかれこれずっとそんな調子なのだという。

「身体の具合でも悪いのかと、客にも奉公人たちにも心配される始末でね。まさか噂のうろうろ舟のことを考えているなどと言うわけにもいかないし」

「そりゃ、取り憑かれなすったものですねえ」

「自分でも正気の沙汰じゃないと思うんだよ。あまりに馬鹿馬鹿しい話じゃないか。なに時間が経てば興も冷めるだろう、土台知ったところで何か役に立つことでもなし、もう忘れてしまえとおのれに言い聞かせもしてみたんだが――」

そう思えば思うほど、いっそう気になって、最近では二六時中そわそわと落ち着かないのだと、嘉兵衛は困じ果てた様子でため息をついた。

　実は嘉兵衛も、奇妙なうろうろ舟の噂が出回った頃、みずからくだんの橋にこっそりと出向いたものらしい。そうして見物人の多さに辟易してすぐさまとって返したのは、銀次と同様だ。

「ひと月も過ぎれば世間も皆飽きて、見物人もいなくなるだろうと思ってね」

　実際には役人たちが騒ぎを収めたので、柳原のあたりがもとの静けさを取り戻したのはひと月よりも早かったのだが、ともかくも嘉兵衛は頃合いを見計らってふたたび、うろうろ舟が出没した場所へ出かけようとした。

「ところが、店を抜けだそうとしたら、うちの番頭がどうしても許してくれなくてねえ」

　いくらこっそりであっても、大店の主人が夜中にまさか一人で外出するわけにはいかない。その番頭というのは、嘉兵衛が最初に橋に出向いた折に伴った者で、つまり店で唯一主人の行動を知っている人間であったが、その時も供を頼もうとしたらきっぱりと断られた。というより、叱られてしまった。

「夜に柳原に出かけるなど、とんでもない。強盗にあったらどうする、身ぐるみ剝がされるだけならともかく命までとられたらどうする、そもそも多丸屋の主人が夜更けに人目を忍んでこそこそと出かけること自体が到底、感心できたことではない——と、まあ、こんこんと説教をされたよ」

柳原は神田川沿いに、西は筋違御門から東は浅草御門まで、十町（約一・一キロ）にもわたって築かれた堤である。そこに植えられた見事な柳の並木がその名の由来であるが、昼間は河原に床店が軒を連ね、荷を積んだ船がひっきりなしに川を往来する賑やかな場所であっても、夜ともなれば打って変わって人の姿は絶え、明かりひとつない寂しく真っ暗な土地となる。

柳原で夜に行き逢う者がいたとすれば、堅気であろうはずがない。番頭の言い分は、まったくもって正しかった。

「それでも、その後も何度か、今度は番頭に黙って出かけようとしたんだが……」

いやいやそれはまずいだろうと銀次は胸の内で呟いたが、聞けば番頭のほうが上手であった。

——いいかい、おまえたち。旦那様はうろうろ病を患っておられる。この病は命にも身体にも別状はないが、夜に寝ぼけてふらふらと外に出てしまうという厄介なものだ。

だから皆で交替で見張るようにして、旦那様が夜に寝間から出ていらしたら、引き留めて部屋に戻っていただくんだよ。

と、奉公人たちを集めて言い含め、本当に嘉兵衛の部屋の前に見張りをたててしまったという。主人のために毎晩寝ずの番をしなければならない奉公人たちもご苦労だが、おかげで厠(かわや)へ起き出してもいちいち誰かがくっついてくる羽目になったと、嘉兵衛は嘆いた。

「へえ、うろうろ病とは上手いことを言うもんだ」

出鱈目(でたらめ)な病名だろうが、ちゃんとうろうろ舟にひっかけてある。銀次が感心してみせると、嘉兵衛はさらに肩を落とし、ちんまりと身体を丸めた。

「まさかこれからずっと、奉公人たちを夜に起こしておくわけにはいかないじゃないか。黙って抜けだしたりしないと、番頭にしっかりと約束をさせられてしまったよ。まったく狡賢(ずるがしこ)いやつだ」

しかも、事はそれだけではすまなかった。

店の者たちが交替で嘉兵衛を見張っていることは、当然ながら多丸屋のおかみのお佐江(さえ)の知るところになった。それがどういうねじくれた伝わり方をしたものか、こっそり外出するということは嘉兵衛がよそに女をつくったに違いないと、お佐江は決めつけにかかったらしい。

「女の悋気ほど怖いものはないね。鬼みたいな形相で、さんざん詰られてしまってねえ」

嘉兵衛はしょんぼりと言った。

「そりゃあ、ご災難で」

多丸屋ほどの大店となれば主人が外に妾をつくるというのも珍しいことではないが、どうやら嘉兵衛は相当な恐妻家であるようだ。

「てぇことは、多丸屋さんはもう金輪際、ご自身で柳原に出かけることができなくなったと、そういうわけで」

「うん、そういうわけだ」

ここまで聞けば、銀次が呼び出された理由はもはや明らかである。

——お伽屋では持ち込みだけでなく、客からの依頼でも引き受けてもらえるものなのかい。

「もしかして依頼ってなぁ、俺に代わりに柳原へ行って、例のうろうろ舟が何を売り物にしているか確かめて来いってことなんじゃ」

おそるおそる口にすると、嘉兵衛は嬉々として手を叩いた。

「さすがだね。話が早い」

「いや、引き受けるたぁ、まだ言ってませんが」

たとえ毎晩、橋の上で待ちかまえていたとしても、本当にあらわれるかどうかもわからない相手だ。いつ終わるとも知れない待ちぼうけなど、御免こうむりたい。

「もちろん、相応の礼金は払うよ。頼まれてくれないか」

嘉兵衛は銀次に向かって手を合わせた。恵比寿様に拝まれても困る。

「このままじゃあ、私は食事も喉を通らなくなって、そのうち身体をこわして死んじまうよ。だけどうろうろ舟の売り物が気になったままでは、きっと成仏はできやしないだろうね。そうなったら、私はきっとおまえさんのところに化けて出るからね。夜な夜な、おまえさんの枕元に座って、『うろうろぉ』と騒ぐけれども、それでもいいのかい？」

そこは『うらめしや』ではなかろうか。

「妙な脅し方をしないでくださいよ。第一、その程度の怪談じゃ小ネタにもなりゃしねえや」

銀次は呆れてため息をついた。

「俺なぞより、もうちっと信用できる人間に頼んでみちゃどうです」

「こういう事にかけては、おまえさんほど信用のおける者はいないよ」

嘉兵衛はきっぱりと言った。

「へたな者に頼めば、ろくに確かめにも行かずに話をでっちあげるか誤魔化すかして、金だけ受け取ろうとすることだってあるかも知れない。だとしても、こちらはそれが嘘か本当かなどわかりっこないんだから、相手の言うままで満足するしかないがね」

でもねえ、と嘉兵衛は首を振る。

「騙されているんじゃないかって、ちょっとでも疑心暗鬼の虫が頭をもたげたら、私は今度こそ自分で確かめに行きたくなって、またぞろ家内や番頭にけんけんと言われる羽目になってしまうよ。それではきりがない。その点、おまえさんなら私に嘘はつかないだろうからね。おまえさんの言うことなら、信じられる」

「まいったな。なんだって、そう思うんです」

「おまえさんから幾つか怪談を買ったけれど、どれも嘘がなかったからさ。おまえさんは自分の足で回って、なんでもきっちりと調べてから、話を客に売っている。そういう手間暇を惜しまない商いの仕方が、私は気に入っているんだ」

見込まれたものだが、しかし――。

「では、こうしよう」

銀次が口を開く前に、嘉兵衛は身を乗りだした。

「期限を設けて、おまえさんへの依頼は今月いっぱい、弥生の晦日までだ。それまでにくだんのうろうろ舟があらわれなければ、私もこの件はすっぱりと諦めることにする。土台おまえさんで無理なら、他の誰でも確かめるのは無理なことだろうからね。――どうだい、引き受けてもらえないだろうか。住んでいる処から いちいち柳原へ通うのが大変だというなら、もっと近くに部屋を用意したってかまわない。金も、この前買い取った怪談の二倍、いや三倍、払う。だからね、このとおり、拝むよ」

二

結局、嘉兵衛に押し切られるかたちで、その次の日の晩から銀次は柳原に通うことになった。

最初のうちこそ、意地をはって住吉町の自分の長屋と神田川を往復していたが、三日目にはさすがに面倒になり、嘉兵衛が申し出たとおりに川沿いの宿に泊まり込むことにした。それからは毎夜、亥の刻の始まり（午後九時）から丑の刻の終わり（午前三時）まで橋から川面をただ眺め、宿に戻れば昼過ぎまで眠って、あとは飯を食うか近辺をぶらついて過ごす。宿の者からすればなんとも胡乱な客であろうが、嘉兵衛からあらかじめ過分に金を受け取っているものか、部屋に食事の膳を運んでくる女中ですら、銀次の行動を詮索することはなかった。

怪しいうろうろ舟が目撃された橋の名は、和泉橋という。

舟は大川のほうから神田川を上流へと漕ぎのぼり、橋をくぐってほどなく、姿を消したという。

――なんだって、この川だったんだろうな。

その晩も、和泉橋の手すりにもたれて昼間に買った酒をちびちびと舐めながら、銀次はとりとめなく考えていた。

――うろうろ舟を出すとすりゃ、大川だろうに。

花見や両国の花火、夕涼みやただの川遊びであっても、客を乗せて大川に繰り出す屋形船や座敷船の数の多さは、他の川の比ではない。なのになぜ、怪異が目撃されたのがこの神田川なのか。亡霊や妖怪の類であるから人目につきたくなかったというのなら、わざわざ青い行灯を灯して客寄せの声などあげなくてもよさそうなものである。そこに何か理由があるのか、ないのか。

「あやかしの道理ってな、よくわかんねえなあ」

最後はそう呟くのも、このところ毎夜のことだ。弥生の末という期限まで、あと半月ほどあるが、それまでに目当てのうろうろ舟に出会えるとはどうにも思えない。

「多丸屋さんも、おかしな事に囚(とら)われちまったもんだ」

怪異を飯のタネにする商売柄、待つことはさほど苦にならない銀次だが、ここまであてのない話だと退屈にもなってくる。

昼の陽射しのぬくもりがまだ残る、晩春の夜だった。銀次を取り巻く闇からは、青い草と水の香がした。昨夜は雨が降ったので、橋には来ていない。今日も朝のうちは小雨であったが、午後になって晴れた。それでも雲はまだらに空に広がって、今も月を覆い隠している。

睦月の時の騒ぎが嘘のように、柳原は寂々として静かだった。聞こえるものといえば、橋の下を流れる水の音ばかり。思ったとおり、世間の人々の関心はとうに奇妙なうろうろ舟にそっぽを向いてしまったようだ。

銀次は橋板に腰を下ろすと、手すりに背中をあずけた。夜目のきく質(たち)なので提灯を持たずに出てくるのはいつものことだが、今夜はいくらなんでも真っ暗だ。こうして岸と水面の区別もつかない、天と地の境も見えぬような闇の中に身を置いていると、おのれがどこにいるのかもわからなくなってくる。

そもそも俺は、どこの誰なんだ。銀次という名前も、本当の名ではない。親が誰で、どこで生まれたのかも知らない。おぼえていない。おぼえているのは――。

闇の中に梅の香を嗅いだ気がした。梅どころか桜も終わった時季だというのに。

――見渡すかぎりに咲き誇る白梅。花弁が雪のように散って、舞う。彼の手を引く母は半ば駆けるような早足で、彼は何度も足をもつれさせ、引きずられるようにしてその後に従う。どこへ行くのだろう。なぜそんなに、母は逃げるように急いでいるのだろう。空いたほうの手で顔にまとわりつく花びらを払いながら、彼は訝(いぶか)しむ。

ああいけないと、銀次は橋の手すりに背中を押しつけて、首を振った。これは幻だ。

いや、過去の記憶だ。いつもはしっかりと蓋をして抑え込んでいるはずの光景が、ふとしたはずみに、こうして心の奥底から零れ出て、目の前で動き出す。目をつぶったところで消えないのだから、厄介だ。

――鮮血が散って、母の背中がぐらりと揺れた。そのむこうにぬっとあらわれた、見上げるほどに大きな黒い影。その頭から突きでた、二本の異物。

――鬼が。

銀次はとっさに、横に置いてあった酒徳利に手を伸ばした。じかに徳利に口をつけて、酒を喉に流し込む。

盛大に噎せて我に返った。息を吐いて口もとを拭った時、だしぬけにあたりが明るくなった。

雲が動いて、その端から転がり出るように、月が頭上に姿をあらわした。満月からわずかに欠けた十六夜の月だ。それまで視界を閉ざしていた闇が青く透き通り、地上に物の影が落ちる。

「多丸屋さんのことは言えねえな」

――囚われているのは、俺も同じか。

銀次はもう一度深々と息を吸って吐き、苦笑して立ち上がった。手すりに手をかけ、ふたたび川面に目をやろうとして。

ぎくりと身体が強張（こわば）った。

月明かりの下、同じ橋に人影が立っていた。男が一人、明かりも持たず、川面を眺めて佇（たたず）んでいる。橋の真ん中にいる銀次に対して、男の立ち位置は袂（たもと）寄りだが、声をかけて十分聞こえる距離だ。ましてや、あたりがこれほど静まり返っているのならば――。

銀次はごくりと喉を鳴らした。

いや。いくら視界が闇に閉ざされていたとはいえ、なぜ気づかなかった？

この男はいつの間にここへ来た？　いつから橋にいた？　これほど静かであるのに、なぜ橋板を踏む足音も聞こえず、気配を感じ取ることができなかったのか。

「……まさか、もののけじゃねえだろうな」

思わず漏らした呟きが、しんとした夜気を震わせて囁（ささや）くように耳に届いたのか。それともたまたまのことだったか、ふいに男は首を巡らせて銀次を見た。

そうして「おや」という顔をすると、躊躇（ちゅうちょ）なくこちらに近寄って来た。

「あなたでしたか。また、お会いしましたね」

にこやかにかけられた言葉に、銀次は目をまたたかせる。

目の前に立った男を見れば、あやかしではなく人間だ。剃髪し、薬箱を手に提げているところをみると、医者である。猫が微睡むような切れ長の細い目と、穏やかで品のよい風貌に見覚えがあった。

数日前の同じような時刻に、ここを通り過ぎて行った。真夜中に急患でもあって呼ばれたか、しかし男の足取りはのんびりしたものだったから、患者の家から帰る途中だったのかも知れない。

その夜も月が明るかったから、男の顔はよく見えた。相手からしてみれば、こんな時間に一人で橋の上にいる銀次のほうこそ、気味悪く思えたことだろう。それこそ亡者かもののけでなければ、物盗りの類かと疑うところだ。なのにまったく頓着する様子もなく男は橋を渡り、銀次とすれ違った。

その一瞬、目があった。係わりになるのを避けて、先に目を逸らせたのは銀次のほうだ。手すりを摑んでひたすら川面を見つめているうちに、医者は通り過ぎて川の北岸、佐久間町の方角へと姿を消した。その時には、ひたひたと足音がしていたのを、銀次は思い出した。

「あんた、こんな刻限にこんなところで何をしているんだ？」

銀次が問うと、男はうっすらと笑った。

「おや、あなたがそれを言いますか。このお人は毎晩ここで何をされているのかと、あたしもずっと気になっていたのですが」

「毎晩……て、どうして」

知っているのかと、銀次は呆気にとられる。すると医者は、今度は人の悪い顔でにやりとした。

「あなたとお会いしたのは、ご存じのように今夜が二度目です。しかしまあ、本当に毎晩ここにいらしたとは」

「なんだよ、鎌ぁかけやがったのか」

銀次は舌打ちした。

「とっとと行っちまってくれ。患者が待ってるんじゃねえのか」

「あたしはもう医者は引退して、今は気楽な隠居暮らしでしてね。たまに請われて治療をするくらいなものです。先日ここを通りかかったのは、知人の家に招かれて、たらふく飲んで食べてすっかり気分がよくなったもので、ぶらぶらとあたりを散歩しての帰り道でした」

一体どこをどう回ったら真夜中まで散歩をすることになるのかと、銀次は胸の内で首をかしげる。

「だったらその薬箱は、何なんだよ」

「ああ、これは」男は片手の薬箱を、ひょいと持ち上げて見せた。「医者だと言えば、どこの番太郎もすんなりと木戸を開けてくれますのでね。こうして夜にうろつく時には、持っていると都合がいい」

よくよく、夜中に歩き回ることが好きらしい。

「散歩なら、町木戸が開いてる時間にすりゃいいじゃねえか」

「夜の闇の中でしか、見られないものもありますから」

へえ、と銀次は呟いた。

「酔狂な道楽だな。闇の中で、何が見えるってんだ」

「それはもう、誰も知らないような美しいものや愉快なものが」

その返答が、銀次の中にある何かにざわりと触れた。ついさっき、闇の中に過去の幻影が立ちあらわれたばかりだ。

――鬼に斬られて地面に転がった母の首は、美しかった。悲嘆でも恐怖でもなく、ただ美しいと、あの時彼は思った。

美しいなどと、思っていいわけのないものを。

「暗闇にいるのは、お天道様の下に出られねえもんばかりだ。生きていようがいまいが、人であろうがそれ以外だろうが、そんなもんが美しいわけがねえだろ」

不快な気持ちが声に滲んで、しまったいけねえ、と銀次は思った。この感情はおのれに対するものであって、目の前の男に向けるものではない。気持ちの抑えのきかないガキじゃあるまいしと、唇を嚙んだ。

「もういいだろう。行っちまってくれ」

「そう邪険にしなさんな」

ところが男は彼の感情の揺れからさらりと身を躱すように、笑った。

「それで、あなたはここで何をしているんです？」

思わずため息が出た。

「あんた、暇なのかい」

「お互い様でしょう」

「俺はこれが商売だ」

「ほう。毎晩きっちり、亥の刻の始まりから丑の刻の終わりまで、この橋に立って川を眺めている商売とは面白い」

銀次はまじまじと男を見た。さすがにこれは、鎌をかけているわけではあるまい。

「教えてもらったんですよ」

問うより先に男は言った。

「……誰に」

「毎晩ここに立つあなたのそばに、興味本位で寄ってきていたモノたちにです」

銀次は思わずあたりを見回した。大丈夫、いるだけです何もしませんと、男はひらりと手を振った。

「目に見えないというだけで、誰もいないというわけじゃない。ここは案外、夜も賑やかな場所ですよ」

「あんたには、見えるのか？　その……」

男が言わんとすることは、一応、理解したつもりだ。怪異を集める商売で、これしきで驚いていては話にならない。

「生きてもいねえ、人でもねえモノがさ」

「見えますよ。そりゃもう、はっきりと見えます。江戸橋から眺めた富士の高嶺の雪くらい見えます。さもなくば馬喰町の火の見櫓か、上野の清水観音堂から見た不忍池の桜くらい、よく見えます」

「逆にわかんねえよ」

「ついでに声も聞こえますので、あなたが夜な夜な三刻（六時間）もの間ここで川を眺めているのが、ここの皆さんはなんだか気味が悪いと——」

「あぁ？　なんで亡者に怖がられなきゃならねえんだ。あべこべだろうが」

銀次はがしがしと頭を掻いた。一体何だ、このおかしな男は。俺はなぜ、今こいつとこんな話をしているんだ？

「あんた、何者だ？」

「そういえばまだ、名乗っていませんでしたね。あたしは瓢仙という、しがないもと医者です」

瓢仙。

どこかで聞いた名前のような気がしたが、思い出せなかった。

「……俺は、銀次ってんだ」

「では、銀次さん」

瓢仙は手すりに片手をかけて川の下流に目をやってから、「当ててみせましょうか」とてらいもなく言った。

「あなた、ここで青い行灯を灯したうろうろ舟があらわれるのを待っているんじゃないですか」

銀次は軽く息をつめる。しかし、睦月にくだんの舟が目撃されたのはこの橋のまさに彼が立っている場所なのだから、これもまた驚くほどのことではないのだろう。

誤魔化すほうが面倒なので、そのとおりだと銀次は渋々とうなずいた。

「あの時はずいぶんな騒ぎでしたが、今はもう世間の誰もかれもがすっかりと、あの舟のことは頭から抜けちまったようで。それなのに、まだこうして見に来る人がいるとは思いませんでしたよ」

「だから俺は商売だってての。金のためだ」

肩をすくめてから、銀次は瓢仙の言葉に小さなひっかかりを感じた。

――あの舟のこと

考えるより先に、言葉が出た。

「あんた、噂のうろうろ舟のことを、何か知っているのか？」

「知っているというほどでは。都合三回、この川で見かけたくらいなものです」

「はぁ……!?」

今度は正真正銘、驚いた。

「見たって……あんた、本当に見たのか？　いつだ、このふた月のうちか？」

「いいえ、もっと前のことですよ。最初に見たのは、今の住居に移った頃でしたか。ああ、あたしの家はこの先の、湯島横町にあるんですけどね」

家移りしたのは、五年前だという。

「次の二回は昨年と一昨年でした」

待ってくれ、と銀次は声をあげた。

「睦月より前に、そんな噂は聞いたことがねえ。この橋で、以前からそんなに何度も舟が目撃されているってのかえ」

「この橋とはかぎりませんよ。河岸からでも見えますし、なんなら手前の新シ橋からだって見えたんじゃないですかね。睦月のあれは、たまたま見た人が他人に言いふらしたせいで世間の人たちの口にのぼったというだけで」

「それじゃあんたは、他人にその話はしなかったってのか」

「あの舟を見たことは、これまで誰にも言っていませんよ。あなたが初めてです」

「どうして」

「だって、他の人に言うのはもったいないじゃないですか」

もったいない、という感覚がよくわからない。だが確かに、怪異を一目見ようと見物人が押しかけるような騒動は、この男の佇まいからは遠いことのように思えた。

怪異をおのれだけのものにして、ひっそりと愛でる——というのは、たとえばお伽屋の客が銀次の怪談を、自分だけのものとして買い取る感覚に似ているのだろうか。それならば、少しはわかるような気がするが。

あれこれ考えを捏ねてから、いや今はそんなことはどうでもいいと銀次は思いなおした。

「何度も見ているのなら、もしかするとあんたは知ってるんじゃねえか」

「何をです」

「そのうろうろ舟の、売り物だ」

さすがに意外だったらしく、瓢仙は寸の間、口を閉ざしてから、首を捻った。

「さて。それはあたしもわかりませんねえ。売っているものまでは見えませんでしたから」

なんだよ、と銀次はがっかりした。瓢仙のほうに傾けていた身体を、後ろに引く。

「わざわざうろうろ舟を仕立てているのだから、そりゃ何か売っているのでしょうけど。そんなに気になりますか」

「俺じゃねえよ。売っている物が気になって、二六時中取り憑かれたみたいになっちまったお人がいてね。その人に頼まれたんだ」

そうですか、と瓢仙は考え込む素振りを見せた。

「なるほど、言われてみれば。一体何を売っているのか、あたしも知りたくなってきましたよ。舟の上にあるのは不老長寿の仙境の果実か、はたまた死者の髑髏(どくろ)が山積みか」

「んなもん、誰に売るんだよ」

ふむと唸(うな)って、瓢仙は空に目を向けた。

十六夜の月は、先に銀次が見上げた時よりも低く、西に傾いている。一人でいるとうんざりするほどのろのろと過ぎていく時間が、瓢仙と話をしている間には軽々と飛び去っていったかのように感じられた。

「何かしら条件があるのかも知れませんね」

「条件？」

「月の満ち欠けや波の具合、風の吹き方、その日が寒いか暑いか、空気が湿っぽいか埃っぽいか、もしかすると節気なども関係があるのかも知れない。そういったものがきちんと揃ってはじめて、あの舟はあらわれるのかも」

「とすると、睦月にあらわれたってのは寒いのが条件てことか？」

「どうですかね。確か一昨年にあたしが見かけたのは、盛夏のひどく暑い日でしたけれども」

「だったら、寒い暑いは関係ねえじゃねえか」

「たとえばの話ですよ。それにあの舟は、誰にでも見えるというものではないのかも知れませんし」

　それは銀次も考えぬではなかった。同じ怪異でも、目に見える者と見えない者がいる。睦月の騒動より前に、奇妙なうろうろ舟が世間の話題にならなかったのなら、むしろ大方の人間には見えていないだけということかも知れないのだ。

「俺の目はせいぜい人並みだからな。そこに舟が出ていても、見えてねえってことだってあるよな」

銀次は身を屈める(かが)ように、手すりに両の肘(ひじ)をついた。もしそうなら、多丸屋さんはあてが外れた。日限は今月の末まで、何の成果がなくても金は払ってもらえる。俺には損はねえ。……けど、あの恵比寿顔がしょんぼりと打ちひしがれるのを見るのは、まあなんというか、ちょいと気の毒だよな。

「なに、あなたにも見えるでしょうよ。もののけの類が見える見えないというのは、たいていは相性とか巡り合わせです。それと——執心ですかね」

あなたに舟の売り物を確かめて来いと言った人は、その執心の塊(かたまり)のようになっているようですから大丈夫でしょう、などと、瓢仙は真顔で言った。

さらには、

「なんなら、あたしが手伝いましょうか？」

「手伝う？」

「舟があらわれたのにあなたが気づかないようでしたら、あたしが一緒にいて指さして教えて差し上げます。ほら、そこにいるよと」

銀次はぽかんとした。

「相手がいつ出てくるかも知れねえってのに、あんたまさか、毎晩俺につきあうつもりか？」

「そうですよ」

「物好きもたいがいにしな」

「さっきも言いましたけど、あたしもあの舟の売り物には興味がわいたんですよ。最近、退屈でね。これはなかなか面白そうだ」

え、と唸って、銀次は二の句が継げなくなる。

「しかしね、今晩はどうも奴さんは出て来ない気がしますよ。条件があるとしたら、月が明るすぎる。あたしが舟を見かけた夜は、いつももっと暗かった。さっきまでは雲が月を隠していい按配（あんばい）でしたけどね」

そういうわけで、と瓢仙は会釈をすると、

「今夜はこれでお暇（いとま）しますよ。では、また明日の夜に」

さらりと踵（きびす）を返して歩き出した。

銀次はただ呆気にとられて、月明かりの下を遠ざかるその後ろ姿を見送った。

後々になって、銀次は知ることになる。

人ならざるモノや現(うつつ)にあらざる世界への尋常ではない執着。——執心の塊というのは、まさに瓢仙本人のことだった、と。

三

「ほう。お伽屋ですか」

呆れたことに、翌晩、瓢仙は本当にやって来た。

追い返すこともできず、またそうする理由もないので、話しかけられるままぽつぽつと返事をしているうちに、気づけば銀次は自分の商売と、橋の上でうろうろ舟を待ち続けることになった経緯をすっかり打ち明けていた。

「怪異を集めて怪談に仕立てて売るというのは、なかなか思いつくことじゃない。どうして、そんな商いを始めようと考えたんです？」

今宵(こよい)の月は、晩春の朧(おぼろ)をまとってぼうっと明るい。大きな丸い提灯みたいだ。

前の晩の瓢仙の言葉を信じるなら、今夜もうろうろ舟の出現は望み薄かも知れない。

瓢仙も同じことを思ったか、川面には時折、目をくれる程度だ。今は二人で橋板に差し向かいに腰を据えて、銀次の持ってきた徳利の酒を飲んでいた。

「どうして、か……」

瓢仙の問いに、銀次はいったん口を閉ざしてから、肩をすくめた。

「誰もやってねえことを、やってみたかっただけだ。それで稼げるなら、なおいいだろ」

「金になりますか」

「まあ、繁盛ってわけにはいかねえが、食っていくくらいはなんとかなら」

たいしたものだと、瓢仙は盃(さかずき)を手に深くうなずく。

「怪談に目をつけるとは、あなたもよほど、人ではないモノたちが好きなんでしょうね」

まさかと銀次は顔をしかめた。

「魚屋だって呉服屋だって、魚や布地が好きだから売ってるわけじゃねえだろうよ。そういうやつもいるのかも知れねえが、たいがいは自分らの生計のために商いをやっているんだ。それと同じことさ」

たとえば瓢仙ならば——おのれの見た怪異を「もったいない」から誰にも打ち明けな

かったというこの男なら、怪談を客に売って飯のタネにしようなどとは逆に考えないだろうと、銀次は思う。

しかし瓢仙は、そうでしょうかと軽く首をかしげた。

「あなたは、嘘の話は売らないと言いましたね。そのために怪異の噂を聞けばそれが真実かどうかをとことん調べて、本物の怪談として客に売るのが信条だとね。適当な作り話だって客が満足すればそれでよいし、よほどに楽ができるというのに、手間も時間もそれだけかけるというのは、生半可な気持ちでやれることじゃないでしょう。金のためなら他に生計をたてるすべはいくらでもあるでしょうに、わざわざ怪異に係わることを選んだというのは、やはり理由あってのことじゃないかと思いますが」

「だから、ただの思いつきだよ。理由なんざおぼえてもいねえ」

銀次はひやりとしながら言った。

「適当な作り話じゃ、客は買わねえからさ。おかしなもので、どれだけ巧く話をでっち上げたところで、怪談てな、たちまち胡散臭くなっちまうんだ。で、客にもそれがわかるのさ。特に好事家ってな、目も耳も肥えちまってるからな」

嘘の怪談を売るというのは、それこそ魚屋が腐った魚を売るようなものだと、銀次は思っている。たった一度でもやってしまえば、客に見限られることになる。

「それに、怪異のほうだって出鱈目な話にされちゃ、迷惑だろうし」

銀次が何気なくつけ加えた言葉に、瓢仙はほうとちょっと目を瞠（みは）った。

「いや、だってよ。亡者が化けて出てるのに、その恨みだか未練だかをこっちが勝手に飯のタネにしたあげく、その恨みも伝わらねえような話に面白おかしく作りかえられたんじゃ、気の毒だろうがよ。亡者だって腹も立つだろうし、化けて出た甲斐（かい）がねえや」

いきなり瓢仙が喉を鳴らすように笑いだしたので、銀次は目をまたたかせた。

「いいですね。実によい」

「何だよ」

「あたしは、あなたが気に入りました」

嬉（うれ）しかねえよ、と銀次は口もとを曲げた。

「あんたに気に入られたからって、俺に何か得でもあるのかえ」

「こんな夜中に人の絶えた橋の上に二人きり、月の光の下でこうして酒を酌み交わすのは、愉快なことじゃありませんか。これも縁というものです」

楽しげに言って、瓢仙は盃を干した。黒漆（くろうるし）の艶も上品なその盃は、瓢仙が持参したものだ。それひとつとっても、この男の暮らし向きの豊かさと趣味の良さが知れた。

「それにしても、客はどのようにしてあなたから怪談を買うんです？　実際に目の前に品物があるわけではないのだから、やはりあなたの語りを聞いてから、話を買うかどうかを決めるわけですか」

　お伽屋の商いについて、瓢仙の興味は尽きないようだ。銀次は徳利を引き寄せて、瓢仙の盃に酒を満たしてやりながら、

「まるっと全部を聞かせるわけじゃないさ。それがどんな筋書きの怪談なのか、ちらっと見当がつくくらいのところで語りを止めて、あとは駆け引きだ。買い取りが決まったら、値は客につけてもらう。それでこっちが納得がいく金額なら、残りの部分も全部話す。怪談の中身が期待したほどのものじゃなかったとしても、値切りはなしだ。最初に決めた値はきっちりと支払ってもらう。ただ、相手にとって期待以上の品でなけりゃ、次からその客からは見放されちまうし、こっちの評判も下がるからな。いい加減な話で誤魔化そうたあ、思わねえよ」

　買い取りが決まれば、同じ怪談を他の者には売らない。客のほうで他人に語るなり、百物語の出し物にするなり、それは好きにしてもらっていい。

むろん、話を聞き終えてから難癖をつけて値を引き下げようとする者や、ひどい時には買い取りを断る輩もいなかったわけではない。そんな客はこっちから願い下げだと、銀次は鼻を鳴らした。

「怪異を愉しむってのは、あくまで遊びさ。遊び方も知らねえような野暮な相手にゃ、俺だって売るつもりはねえよ」

最初の頃は勝手がわからず痛い目をよくみたが、そうやって客を選び客に選ばれしながら少しずつ信用を重ねて、どうにかここまでお伽屋の商いをつづけてきたのだ。

「あたしにもひとつ、あなたの怪談を売ってもらえませんか」

「あんたは、怪異そのものを自分の目で見ることができるんだろ。金を払ってまで買う必要はねえよ」

銀次が素っ気なく肩をすくめると、瓢仙は微笑んだ。

「見えているものを他人に伝える才は、あたしにはありませんから」

おかしなことを言うものだと、銀次は思う。

「あんた、医者だろ」

「もと医者です。今は隠居です」

「どっちでもかまわねえよ。医者に亡者だのバケモノの話をされてみろ、ただでさえ彼岸から遠のきたくて治療を受けてるってのに、患者はたまったもんじゃねえや。それに、他人に怪異の話をするのは、もったいないんじゃねえのかい」

それがですね、と瓢仙はいかにも深刻なことを打ち明けるように真顔になった。

「たまに、自分に見えているものを他人様にも見てもらいたいという欲が出るんですよ。あたしの見ている世界がどれほど美しくて愉しいものなのか、誰にもわかってもらえないのが、ふと寂しくなることがありましてね。それで試みに絵に描いてみたり、バケモノの姿を人形にして、自宅の離れに飾ってみたんです。こちらへ越して来る前の話ですが」

「自分の家にバケモノの絵だの人形だのを？　へえ、そりゃ酔狂にもほどがある」

「たくさんの人が見に訪れましてね。皆さんに楽しんでもらえたのはよかったんですが、結局のところ、見せ物小屋だと思われただけで」

呆れる銀次に、瓢仙はやるせなくため息をついてみせた。

「斯様にあたしには、見えるもののありのままを伝えるすべがないのですよ。たとえるなら食材が目の前にあるのに、包丁が使えないようなものです。ちゃんと美味しく料理されたものを食べてみたいじゃないですか」

　それで怪談をご所望というわけか。

　余人にとっては真っ黒に塗り潰された闇でしかない場所に、この男は何を見ているのだろう。どんな光景が見えているのだろう。そんなことを、銀次はふと思う。

「まあ、買ってもらえるなら、売るけどよ」

「では、とびきりのやつをお願いしますよ」

　とびきりか、と銀次は苦笑した。

「あんた、鬼を見たことはあるかい」

「鬼ですか」

　瓢仙はわずかに目を見開いた。

「いいえ。ありませんねえ。鬼はまだ見たことがありません」

「そうかい」

　銀次は軽く落胆した。

　あやかしがはっきり見えると嘯くこの男も知らないというのなら、あの鬼はどこにいるのだろう。

「あなたは見たことがあるんですか？」

ねえよ、と銀次はぶっきらぼうに応じた。

「まあ、なんだ、鬼でも出てくる話なら、そりゃとびきりだろうと思ってさ」

ああなるほどと瓢仙はうなずいて、笑った。

「では、もしこの先にあなたが鬼を見ることがあって、それを怪談に仕立てた時には、ぜひあたしに買わせてください。約束ですよ」

寅（とら）の刻の鐘で瓢仙と別れ、宿に戻った銀次は、明かりのない暗い部屋の中を手探りで夜具に潜り込んだ。

睡魔が訪れるまでの間、瓢仙との会話をとりとめなく思い返す。

——見せ物小屋
瓢仙が口にした、何の変哲もないはずのその言葉が、妙に頭に残っていた。なんなら、瓢仙という名前も相変わらず、意識の片隅にひっかかったままだ。

「どこかで聞いた気がするんだよな……」

朝未（あさまだ）きの静寂の中で呟いて、目を閉じた。

——それで試みに絵に描いてみたり、バケモノの姿を人形にして、自宅の離れに飾っ

てみたんです
離れ座敷の壁から天井まで、極彩色の百鬼夜行の絵を描き。
妖怪やバケモノ細工の人形を飾りつけ。
その仕様がたいそうな評判になって、江戸から多くの見物客がその家に集まった。
――たくさんの人が見に訪れましてね。皆さんに楽しんでもらえたのはよかったんですが

ああそうだ、やはり聞いたことがある。誰かが言っていたのだったか、読売で目にしたのだったか。

眠りのとば口に立って、うつらうつらしながら、銀次は記憶を探る。

ずいぶん昔だ。まだお伽屋の商いを始める前、俺がお店に奉公していた頃だったかな。当時は俺も両国の見せ物小屋をのぞくような気分で、一度その家を訪れてみたいと思ったものだ。けどいかんせん、店の用事に追いまくられる小僧の身じゃ、とてもじゃないが行く暇なぞなかったんだよな……。

銀次ははっと目を開けた。眠気と一緒に夜具もはね除けて、がばりと半身を起こした。

「大森の化け物茶屋……」

思い出した。

「ありゃあ、確か十年前だ。品川宿の先の東大森村だっけな、そこで化け物茶屋なんてものを始めたやつがいた」

翌晩は瓢仙が酒を持って来た。時おり生温い風が吹いて、土手の柳がさわりさわりと枝を鳴らす音が聞こえた。

空は薄く曇って、暗い。月の在処はわからなかった。

「おや。ご存じでしたか」

銀次の言葉に、瓢仙はなんでもないことのように応じた。

「その茶屋の主人が医者で、瓢仙て名前だったのを、思い出してさ」

「よく覚えていましたね。あなたはまだ子供だったでしょうに」

「十四だ。そこまでガキじゃなかったよ」

魚でも跳ねたのか、橋の下でぱしゃりと水を叩く音がした。瓢仙は、ちらと川面に目を投げてから、

「もしや当時に、あなたとお会いしていましたか」

「いんや。いつかそのうちと思っているうちに、風の便りで茶屋は閉めたって聞いてさ。俺は行きはぐった」

　ああと瓢仙はうなずいた。

「お役人から叱られましてね。人騒がせだとか、悪趣味だとか。おかげでたった三ヶ月で、飾りを全部取っ払う羽目になりましたよ」

「そりゃ、残念だったな」

　そういえば睦月のここの騒動も、最後は役人が出張って収めたわけだから、連中の頭がかちんとお固いのは毎度のことだ。

「人騒がせはともかく、悪趣味というのは解せませんね。野暮なことを言うものです」

　瓢仙の口ぶりがなかなか口惜しそうだったので、銀次は笑った。

「化け物細工と言や、一昨年に泉目吉(いずみめきち)が回向院(えこういん)で掛けた見せ物は見たかい？」

「『変死人形競(へんしにんぎょうくらべ)』ですね。ええ、あれは実に素晴らしい細工でした」

　泉屋吉兵衛(いずみやきちべえ)——通称、泉目吉は当代きっての人形細工師である。彼が両国回向院で井ノ頭(いのがしら)弁財天の開帳の際に行った見せ物は、変死した人間の死体を精巧な人形を使って本物そっくりに再現するという、おどろおどろしいものであった。土左衛門(どざえもん)や獄門のさらし首、女の生首を髪の毛で木の枝に吊したもの、木に縛りつけられて短刀で喉を突かれた男、棺桶の破れ目から首を出した亡霊など、目吉の作った人形はあまりに生々しく、怖い物好きの江戸っ子たちを怖気震わせて、大評判となった。

「目吉のすごいところはよ、人形のほうが本物の死体よりもずっと凄みがあるってところだ。てえしたもんだよな」

「目玉の目吉などと呼ばれていますけど、確かに眼のくっきりとした人ですが、それよりも眼力が強い。なんと言うか眼差しに圧があって、それで他の人よりもずいぶんと目が大きいような印象を与えるんでしょう。それにね、あの人は瞬きというものをほとんどしないんですよ」

それが習い性となっているのか、向かい合った相手の髪の毛一筋、肌の皺ひとつ見逃すまいとするかのように、目を見開いてじっと見つめてくるのだという。

「目吉に会ったのかい？」

「浅草へ行った折に、あの人の店に立ち寄ったことがあるんです」

泉屋は芝居の小道具なども扱っている。ために店先に置いてあるのは舞台や見せ物小屋の仕掛けに使う細工物がほとんどで、瓢仙が訪れた時には本人は奥の座敷で何かをこしらえている最中だったという。

「目吉さんの人形なら、あたしが作った下手なバケモノよりもよほど真に迫ったものになると思いましてね。あたしのために人形をこしらえてもらえないか、お願いするつもりだったんですよ」

「まさか、また化け物茶屋を始めるつもりか？」

懲りねえなと銀次が唸ると、瓢仙は笑って首を振った。

「いえいえ。床の間に飾って、あたし一人でこっそりと愛でようかと思いまして」

それもどうかと思ったが、銀次は肩をすくめるだけにした。

「で、目吉は引き受けてくれたのかい」

「あの人と話をしているうちにあたしのほうで気が変わって、お願いするのはやめました」

「気が変わった？」

「目吉さんの技は、まことに見事なものです。対象をあますところなく観察し、すべてを自分の中に落とし込んで、その手で再現する。当代では、他の誰にもできることじゃありません。でもあの人の欲は、あたしとは違うものです」

「欲？」

「あの人は、すべてを現のものとしてとらえているんです。死者だろうが亡霊だろうが妖怪だろうが、目に見えるものならば目吉さんにとってはこの世にしっかりと在るものなんです。人ならざるモノがあの人の目に実際に映っているのかどうかはわかりません。が、もし目の前に亡霊が立てば、目吉さんは怖れることなくどこまでも冷静にその姿を見つめて、おのれの手で象ろうとするでしょう。それが人形師としてのあの人の欲であり、それでこその職人です。そうして作られた人形は、お天道様の下で誰もが目にすることのできる現となる」

「あ、はあ……」

銀次は曖昧にうなずく。

「逆に、闇の中にひっそりと蠢いている、目に見えないし在るかどうかもわからないものには、あの人は興味はないでしょう。そこがあたしの欲とは違っていたんです」

「けど、人形ってのはそういうもんだろう。誰でも見られるから、見せ物になるんだ」

そのとおりと、瓢仙はうなずいた。

「ですから、間違えたのはあたしのほうです。職人の心意気など何もわかっていなかった。逆に失礼だったと気づいて、目吉さんにお願いすることをやめたんですよ」

ぴしゃり、とまた、水面で何かが跳ねた。

薄い雲は月の光をかすかに透かして、あたりは暗くはあったが闇一色ではない。空気はじっとりと水の匂いを含み、銀次はそこに一瞬、磯の香を嗅いだ気がした。

「今夜はずいぶんと多いような」

瓢仙が静かに呟いた。

「何が多いんだ」

あちらから、と瓢仙は橋の手すりごしに下流——大川の方角を指差した。

「水面を伝って歩いて来られる方々です。先ほどから、何人も何人も」

銀次は思わず川面に目を凝らした。

「亡者かえ」

「生きた人間が水の上を歩いていたら、そっちのほうが驚きますけどね」

ぴしゃん。ぴしゃり。ばしゃん。

魚だとばかり思っていたその音が、ふいに人が水を踏む足音のように聞こえて、銀次は息を詰めた。

「そこにいるのだとわかっていれば、あなたにも見えますよ」

「そんなことを言われてもよ」

ああそういえばと、瓢仙はふいに何かを思い出したように目を細めた。

「こんな夜だったような気がします」

「は？」

「月は雲に隠れて正体無く、ゆるゆると少しばかり風が吹いていて、水の香が肌にまとわりつくような夜でした。川辺に立つと、海や川で溺れて死んだ人たちの魂が、道を辿るようにしてこの川を下流から上流へと通っていくのが見えました。そこに――あの舟があらわれたんです」

瓢仙がふたたび手を伸ばして指で示したその先。

ぽう、と青い光が水面に灯った。

四

うろうろぁ〜、うろうろぁ〜。

青い看板行灯を灯して、下流から小舟が近づいてくる。櫓を漕ぐ響きに重なって、うろうろ舟の客引きの声がくぐもって低く、だが次第に大きくなって耳に届いた。

銀次は手すりを摑んで、我知らず身を乗りだしていた。

「本当に出てきやがった……」

もちろんのこと驚いたし、当然ながらの怖れと妙な興奮とが身の内でぐるぐると混ざりあって、しばし呆然としてから、銀次はおのれの商売を思い出した。

えいくそ、ぼうっとしている場合じゃねえ。こちとら、怪異は飯のタネだ。あの舟の売り物は何だ？

行灯の光はますます近くなって、炎がちらちらと揺れているのが見てとれる。明るくなったり暗くなったり、まるで青い鬼火が川面でまたたいてでもいるようだ。

しかしちゃんと見えるのは行灯ばかり、舟はまるで黒い霞でもまとっているかのごとく、夜の暗みに溶け込んで輪郭もはっきりしない。舟の上にはほおかむりをした人影、男とはわかるがそれだけだ。

銀次は手すりからさらに身体を前に倒して、舟に積んであるものを見ようとした。が、目を凝らせば凝らすほど、黒々とした霞が視線の先でとぐろを巻いて、品物らしきかたちを何ひとつ見分けることができなかった。

「畜生、わからねえ……」

呻(うめ)いた銀次の腕を、瓢仙が摑んだ。

「橋から落っこっちまいますよ」

こちらは不思議を目の当たりにしても平然としたものだ。銀次はとっさに彼に詰め寄った。

「なあおい、あんたはどうだ？　見えねえか？　あの舟の上にゃ、何が載ってる？」

「生憎(あいにく)とあたしにもわかりませんね」

「なんでぇ」

せっかく目当てのうろうろ舟があらわれたってのに、これじゃどうにもならねえ……と、銀次は頭を抱えた。

「そりゃあなた、冷やかしじゃあ、あちらさんも迷惑ってもんです。売り物が何か知りたいのなら、いっち手っ取り早い方法があるでしょう」

「はぁ？」

言葉の意味を摑みそこねて目をむいた銀次を尻目に、瓢仙は舟に向かって「おーい」

と躊躇もなく声を張り上げた。

「おおい、買いますよ。その舟の品を、あたしにも売っとくれ」

舟の人影が櫓を漕ぐ手を止めたのが、わかった。

「お、おい……」

銀次がぽかんとしているうちに、瓢仙は人影に向かって大きく手を振り、次いで川縁(かわべり)を指差した。

「今行きますから、そこの桟橋に寄せてくださいよ」

「ちょ、ちょっと待て」

嘘だろうと、銀次は口の中で呟いていた。驚いたことに、舟は瓢仙が言ったとおりに、川縁に突きでた杭(くい)のほうへと舳先の向きを変えたのだ。

瓢仙が踵を返して駆け出したのを見て、銀次も慌てて後を追った。――が。

なんだこれは、どういうこった。

ほどなく銀次は、啞然(あぜん)として足を止めた。先を走る瓢仙の背中が遠ざかっていく。若い彼のほうが体力があり足も速かろうはずだが、その背を追いぬくどころか追いつくことさえできない。あたかも目に見えない不可解な力が働いて、彼と瓢仙との間を隔ててしまったかのようだ。

それればかりではない。

「ほんとうに、どうなっていやがる」

腹に力をこめてふたたび走りだしたものの、ついに銀次は音を上げて手すりを摑み、大きく喘いだ。

「なんだって向こう岸にたどり着かねえんだ⁉」

どれほど先へ進んでも、橋から出ることができなかった。和泉橋はさほど大きな橋ではない。なのに、踏み越えた橋板のぶんだけ、また目の前に橋板があらわれる。まるで走れば走るほど、橋が前に伸びていくかのようだ。そうして銀次がよろめき立ち止まった場所は、橋の真ん中のもといた場所であった。

諦めて、銀次は川縁に目を向けた。うろうろ舟はすでに栈橋に舫っている。驚いたことに、そこに瓢仙の姿があった。

行灯の青い光に暗く明るく照らされながら、栈橋の板の上に立つ瓢仙が時に身振り手振りなども交えて、ほおかむりの人影とやり取りしている様を、銀次はぼんやりと眺めた。

あの男は橋を渡ることができたのか。俺だけ取り残されちまったな。

なんだかたいした男だと、何が「たいしたこと」なのか自分でもわからぬまま、銀次は思った。

東大森の化け物茶屋の主人。医者の瓢仙。怪異を、この世の闇の幽玄を、人ならざるモノたちをその目で見て、美しい愉しいと言う男。

とりとめなく、言葉があぶくのように浮かんで、銀次の頭の中を巡る。

うろうろ舟が舫いを解いて、川縁を離れた。青い光の尾を引いて、舟は川の中ほどへと漕ぎ戻っていく。

ふと思いつき、銀次は手すりを放して歩きだした。今度は難なく橋を渡り終え、桟橋から戻って来た瓢仙と袂で鉢合わせした。

「遅かったですね」

何食わぬ顔で言われて、銀次は肩をすくめた。

「精一杯、走ったんだけどな」

「なに、よくあることです」

よほどの理由か気まぐれでも起こさなければ、彼らは人と係わり合いになることを好みませんからと、瓢仙は言った。

「じゃあ、あんたはどうなんだ？」

「もしかすると、あたしが生きた人間には見えなかったのかも知れませんねえ」

「よせやい、気味の悪い」

銀次が顔をしかめると、瓢仙はころころと笑った。

「まあ、いいじゃないですか。それこそ気まぐれか、あちらさんにとってあたしは近しい者に思われたってことでしょう」

上機嫌な口ぶりに、銀次はため息をつくように「そうかもな」と呟いた。

「で、あの舟が何を売っているのか、わかったのかえ」

「もちろん、ちゃんと金を払って、品を買ってきましたよ」

本当かと身を乗りだした銀次だが、瓢仙が着物の袂を探って取りだした物を見て、思わず「へ？」と間の抜けた声をあげた。

草鞋（わらじ）であった。

「まだありますよ」

蠟燭（ろうそく）、鼻紙、麦粉菓子に黒砂糖飴と、瓢仙は次々に袂から出して見せる。

「……それが売り物だってのか？」

「そうです」

「そのへんの木戸で売ってる物ばかりじゃねえか」

どれもこれも、番太郎が小遣い稼ぎに木戸番小屋で売っている、ささやかな日用品や駄菓子である。

「値段も同じでしたね。この草鞋は十六文です」

草鞋を受け取って、矯めつ眇めつしてみたが、やはり何の変哲もないどこにでもある普通の草鞋だった。

どうにも気が抜けるというか、肩すかしを食らった気分で、銀次はそれを瓢仙に返した。

「なあ、まさかと思うがあんた、俺をひっかけようってんじゃねえよな」

「なんであたしが、こんな物をわざわざ袂に仕込んでまで、あなたを騙さなきゃならないんです」

さも心外というように言われれば、そうだなとうなずくしかない。

「けどよ、青い行灯なぞ灯していかにも怪しげに出てきてよ、なんだって草履だの鼻紙だのを売ってんだよ、あの舟は？」

「そりゃあ、客がいるからでしょう」

「客？」

「ええ。ほら」

川縁から見渡す暗い水面に、青い灯火はぽつりと遠く、それでも消えることなく揺れていた。

くだんのうろうろ舟は橋の下をくぐり抜けた後に、舳先を川上に向けたままふうっと姿を消した——というのが銀次が以前に聞き込んでいた話だが、今夜はどうやら消え去るでも漕ぎ去るでもなく、舟は川面にじっと留まっているかのようだ。

よくよく目を凝らすと、まるで炎に羽虫が吸い寄せられるがごとく、幾つもの淡く透き通った影のようなものが舟の行灯へ引き寄せられていくのが見えた。

銀次は小さく息を呑んだ。

あれは——。

影はふわりと人のかたちを取り、先を争って請うように、舟に白々とした手を伸ばす。

そうしてうろうろ舟から何かを受け取ると、またかたちを崩して水の上を緩やかに漂っていった。

　あまりに力を入れて見つめていたので、目がひりひりした。銀次は何度も瞬きをしながら、なるほどと思った。瓢仙が言ったとおり——そこにいるとわかっていれば、素直にそれを受け入れることをすれば、見えるものなのか。

「死者の未練と聞けば、生きているあたしらはついつい、恨みだの迷いだのと魂をこの世に縛りつけちまう重い枷みたいなものを考えちまいますが」

　傍らで瓢仙の静かな声がした。

「実際のところは亡くなった方々の未練なんて、日々に使っていたちょっとした物が見あたらないとか、何か忘れ物をしたような気がするとか、そういう心許なさや小さな気がかりが大半なんじゃないかと、あたしは思うんですよ」

「その気がかりが、草鞋だってのかい」

「生前の記憶が少しでもあるのなら、旅に出るなら草鞋の替えは必要だし、宿で使う蠟燭や道中の渇きを癒す飴なども必要だと考えるものでしょう」

「旅に……？」

「あのうろうろ舟がなぜこの川にあらわれるのか、不思議には思いませんでしたか」

思った。なぜ神田川なのか。なぜ大川や他の川ではなく、この川なのか。

弾(はじ)かれたように首を巡らせた銀次に、瓢仙は深くうなずいてみせる。

「この川が、西に通じているからですよ」

神田川の源は、武蔵野の湧水池である。西の地で滾々(こんこん)と尽きることなく溢(あふ)れる水が、江戸の暮らしを潤しながら、東へ流れ、やがて大川に注ぎ込む。他の川のように湾に向かって流れるのではない、神田川は東西に江戸を突っ切る川なのだ。

「水に沈んで亡くなられた方々ですから、水を伝って川を遡り、西へと向かわれるのでしょう」

西方浄土、という言葉が銀次の内に浮かんだ。死者の魂にとって、この川が路なのか。その路を辿り西へと、戻ることのない旅に出て、さらにはその先の――。

そうかと、銀次はようやく腑(ふ)に落ちた。

あの舟の青い行灯は、死者たちへの目印なのだ。死者たちのほんの少しの気がかりや心残りを消してやるために、あのうろうろ舟はああしてあらわれるのだ。あれは、そういう役割のものなのだろう。

「けど、商売になるのかね。死んだやつってな、三途(さんず)の川の渡し賃くらいしか持ってねえと思ってたが」

「どうなんでしょうね。あたしはきっちりと代金をとられましたけどね」

いささか憮然と瓢仙が言ってみせたので、銀次は軽く笑った。

「その品は俺が引き取っていいかい。多丸屋さんにゃ、信じてもらえなくてもそれで満足してもらうしかねえや」

これで仕舞いだ。嘉兵衛からの依頼は片付けた。これで明日からはもう、この橋に出向く必要もなくなった。宿も引き払って、久しぶりに長屋に帰るとするか……などと考えていた銀次であったが、

「いやですよ」

瓢仙にすげなく断られて、「えっ」と目をむいた。

「これはあたしが、あのうろうろ舟から買った物です。あたしにとっちゃ、滅多に手に入れることのできない貴重な品なんです。なにしろあやかしが売っていたんですからね。どうしてあなたに譲らなければならないんですか」

「そんな荒物なんぞ、誰に見せたって自慢になりゃしねえだろ」

「他人に見せたりしませんよ。大切に保管して、時々は取りだしてあたし一人で愛でる

つもりです」

あっぱれな好事家である。

「いいじゃねえか。全部とは言わねえ、どれかひとつくらい」

「お断りです。——あなたに渡す物は別にありますのでね」

「なんだって？」

手を出してくださいと言われ、眉を寄せながらも銀次がそのとおりにすると、瓢仙は手妻のように取りだした物をその掌に載せた。しゃらしゃらと、かすかに涼しげな音がした。

「こいつは」

銀次は困惑して、それを指先で摘み上げ、目の高さまであげてしげしげと見た。

瓢仙が手渡したのは、簪だった。

未婚の若い娘か、もっと幼い少女が身につけるようなびらびら簪である。銀と赤い珊瑚で繊細な花弁を重ねた牡丹の花を細工し、幾重にも垂れ下がる細い鎖の先にはこれまた銀で細工した胡蝶の群れ。揺らすたび、蝶の飾りが踊って美しい音を響かせる。夜の暗みであっても、その精巧な作りは一流の職人の手によるものだと知れた。これだけの品、値もずいぶんと張るに違いない。

「よほど裕福な家の娘がつけてそうな簪だな。あの舟は、こんな物まで売ってたのかい」

「売り物じゃない、預かり物だと言っていました。あなたに渡してくれと」

「俺に？」

そうならそうともったいぶらねえでもっと早くに言えよと文句をたれながらも、銀次は首を捻った。

「なんだって俺に。こんな簪、俺ぁ知らねえぜ」

預かり物だという意味もわからない。

「言伝もありますよ。――小粒銀の約束は果たした。あの子から預かった。こう言えばわかる、と」

「さっぱりわからねえよ」

人違いじゃねえかと顔をしかめた時、銀次の胸の内を何かがかすめた。それこそ簪の蝶がしゃらりと小さな音を響かせたように。

胸に引っかかりながらも瞬時に消え去りそうになったその何かを、もどかしく探り、ようやく摑み取って、銀次は「あ……」と声をあげた。

まさか。

いや、そうか。そういうことだったのか。

瓢仙を見ると、まるですっかりわかっているかのような顔で、すましている。それがちょいと癪で、銀次は口もとを曲げると、ふたたび川面に目をやった。

その視線の先、さっきまで川面に灯っていた行灯の青い光は、いつの間にか闇に呑まれたごとくに消えていた。

五

銀次が多丸屋を訪ねると、嘉兵衛は驚いた様子で彼を迎えた。

「どうしたんだい。月末までにはまだ日があるけれども」

先日に通されたのと同じ、母屋の座敷である。茶を運んできた女中が部屋を出ていったのを見計らって、嘉兵衛はにわかにそわそわと不安そうに、向かい合って座る銀次のほうに身を乗りだした。

「もしや、手配した宿に不都合でもあったかい。それともまさか、今さらこの話はなかったことになどと言いだすつもりじゃ――」

「いやいや、飯の美味い宿で助かりました。女中も気配りが行き届いていて、不都合なんざ何も」

「じゃあ、やっぱり私の頼みはもう断るということだね。そりゃそうだよねえ、来る日も来る日も、真夜中に橋の上に突っ立って、あらわれるかどうかもわからないうろうろ舟を待っていなきゃならないのだから、そりゃあ誰だって嫌になるともさ」

「違いますって」

銀次は慌てて首を振った。一度請けた仕事を途中で放りだすと思われるのは心外だし、落胆した恵比寿顔がこれ以上前のめりになってこっちににじり寄ってくるのも困る。なので、嘉兵衛を押し戻すように手で制して、居住まいを正した。

「仕事はきっちり終えましたんで、その報告にあがった次第で」

「終わった……？」

嘉兵衛はぽかんとしてから、垂れた眉尻を跳ね上げた。

「そ、それじゃあ」

銀次はおのれの目を指差して、うなずいた。

「睦月の噂のとおりに青い看板行灯のうろうろ舟が川にあらわれたのを、しかとこの目で見ました」

「本当かい。で、ではもちろん、舟が何を売っているのかも、わかったんだろうね」

「ええ、そりゃまあ」

「ああもう、焦らさないでおくれ。それで、何を売っていたんだい」

「そのことですがね」

銀次は舌先で唇を湿すと、ぐっと腹に力をこめた。

「多丸屋さんが気にかけていなさったのは、実のところはあの舟の売り物なんかじゃあなかった……と、思い至りまして」

ふくふくと笑った顔のまま、嘉兵衛の表情が固まった。

「おかしなことを言うね。私はおまえさんに、舟の売り物を確かめてくれとしか頼んでいないが」

「——もしやこいつは、多丸屋さんにご縁がある品では？」

銀次は懐(ふところ)から手拭いの包みを取り出すと、畳の上に置いて、嘉兵衛のほうへと押し出した。

嘉兵衛は訝しげに包みを手にとり、皮を剝ぐように手拭いから中身を取りだす。あらわれたのは例のびらびら簪だった。

とたん、嘉兵衛の表情が変わった。「ぐぅ」とまるで喉が詰まったような声を漏らすと、大きく目を見開き簪を凝視したまま、本当に恵比寿様の木像のように動かなくなった。

「多丸屋さん？」

銀次が声をかけてようやく人に戻った恵比寿像は、溜めていた息を大きく吐くと、びらびら簪を摘み上げた。その指先が震えている。

「……信じられん。おまえさん、この簪をどうやって手に入れたんだい」

「ですから、そのうろうろ舟からですよ」

瓢仙との経緯は省いている。今はそれは重要ではない。

「舟の奴から言伝もありますぜ」

——小粒銀の約束は果たした。あの子から預かった。

銀次が瓢仙から聞いたとおりに伝えると、簪を持つ嘉兵衛の手はいっそう震えて、垂れ飾りの胡蝶の群れがしゃらしゃらと銀の音をたてて揺れた。

「そうか……そうか。あの男が……」

銀次はそっと息をついた。

やはりそうだ。思ったとおりだ。嘉兵衛はたんに噂話に浮かれて踊らされていたわけではない。

「多丸屋さんは、あの舟と何か係わりがありなさったんですね」

うろうろ舟は銀次に簪を託した。だが銀次には身に覚えがない。だとしたら、簪を渡す相手は、約束したという相手は、彼に「舟の売り物を知りたい」と頼んで和泉橋へ行くよう仕向けた嘉兵衛しかいないではないか。

それでも、あやかしが思い違いでもしたのではないかという疑いは、銀次の内にはまだ残っていたのだ。嘉兵衛の様子を見て、それがようやく消えた。

ああ、と嘉兵衛は呻いた。

びらびら簪をそっと手拭いに戻すと、揃えた膝の前に置いた。まるで目を逸らせたらそれが夢のように消えてしまうのではないかと怖れてでもいるように、なおも簪を見つめていたが、やがて深々と息を吐いて顔をあげた。

「もうずいぶん昔の話だよ。私には三歳年下の妹がいたんだ。お美代といってね。この簪の細工はよく覚えている。これは間違いなくお美代の物だ」

妹が死んだのは奇しくも今日と同じ弥生のことだったと、嘉兵衛は言った。


嘉兵衛が十歳、お美代が七歳になった年のことだ。

市中の桜が爛漫と咲き誇る弥生のその日、多丸屋は花見船を仕立てて、大川へと繰り出した。

「あの頃は、うちじゃ毎年そうやって花見をしていたんだ。店を一日閉めてね、家族と、奉公人たちも揃って船に乗って川沿いの桜を見に行ったものだ」

当時の多丸屋の主人は嘉兵衛の祖父であった。花見は、日頃店のために働いてくれる奉公人たちへの労いでもあった。

「当時の私は、清太郎という名だった。多丸屋の主人となって、嘉兵衛という名を受け継いだのさ」

目の前の銀次に語りながら、嘉兵衛の目は遠くを見ている。墨堤の桜がその年はことさら見事で美しくてねと呟くように言った彼の目に、懐かしさと痛みの色がよぎった。

「仕出しの料理や酒を船に運び込んで、皆で飲み食いしながら桜を眺めたり、途中で岸に寄ってお寺詣でをしたりして、一日楽しむんだ。たまたま用事があってどうしても花見に加わることのできない者がいた時は、母が長命寺で桜餅を買って土産に渡していたのを覚えているよ」

　朝からよく晴れて穏やかな日だったから、その日は他にもたくさんの花見の遊山船が出ていたという。大きな荷船や渡し舟も頻繁に行き交って、両国橋から吾妻橋の先、大川が隅田川と呼び名を変えるあたりまで、川面は大小様々な船で混み合っていた。

　夕刻になってそろそろ引き揚げようかという頃に、天候が急変した。水面が暗く翳り、風に吹かれてささくれたような波が立った。空の一角にあらわれた黒雲が見る間に頭上に広がって、大粒の雨が天の堰を切ったかのごとくに降りそそいだ。

　屋根はあるものの、雨が横殴りの風に乗って吹き込めば、ほとんど素通しの船上ではなすすべもない。多丸屋の人々を乗せた船は急いで岸に寄ろうとしたが、それは他の遊山船も同じこと、春の嵐に慌てふためき皆が我先にと船着き場を目指したために、あちこちで船どうしがぶつかりあうほどの混乱が起きた。

「いきなり、どんと大きな音がして、船が傾いたんだ。船頭たちが怒鳴る声や、女たちの悲鳴が聞こえた。目の前にあった料理の大皿がひっくり返って、そのまま水の中にすべり落ちていくのが見えたよ。あとで聞いた話では、どうやら近くにいた船が方向を誤って、うちの船の横っ腹に突っ込んできたのだそうだ」

転覆こそしなかったが、船にいた者はほとんどが足をすくわれ転がって、斜めに傾いだ船縁から川へ投げ出された。

嘉兵衛は、いや清太郎はその時、とっさに横にいたお美代の手を摑んで、二人で手を繫いだまま水に落ちた。

水底に沈んで、いくらもがいても浮かび上がることができなかった。苦しくて怖くて、したたかに水を飲んで、気が遠くなった。

「助けて、と叫んだ気がするよ。実際には水の中だから叫ぶことなんて無理なはずだから、きっとそう思っていただけなんだろうけどね。とにかく、助けて、助けてと願っていたら、急に腕を摑まれたんだ」

強い力で引っぱり上げられた。水面に顔が出て、息を吸っては噎せて水を吐いてを繰り返し、やっと呼吸ができるようになって、ようやく清太郎は自分が一艘の小舟の上にいることに気づいた。

「あとになって何度思い返しても、あれがどこだったのか、私にはわからないんだ」

あたりは真っ暗だった。夜の暗さではない。舟を取り巻いて分厚い黒い布が降りているみたいな、前後左右、頭上までも見通すことのできない闇だった。

それでも自分が舟の上にいるとわかったのは、舳先に置かれた青い行灯がぼんやりと光を放っていたのと、舟縁にちゃぷちゃぷと水が打ちつけるかすかな揺れを感じたからだ。

清太郎は舟底にうずくまったまま、水と涙と鼻水でぐちゃぐちゃになった顔で周囲を見回した。さっきまであれほど川面にひしめきあっていた船は影も形もなく、人々の怒声も悲鳴も聞こえない。叩きつける雨音も風のうなりもない。

ただしんと、静かだった。

――おまえさんは、戻れ。

ふいに耳に届いた声に、清太郎はびくりと身を竦ませた。艫のほうを振り返り、そこに誰かがいることに初めて気がついた。

ほおかむりをした男だった。老いているのか若いのか、わからない。奇妙なことに、目の前にいるのに、まるで薄い靄に覆われているように男の輪郭はぽやぽやと滲んで、いくら目を凝らしても姿がはっきりとしなかった。ほおかむりの下にも濃い影が落ちていて、顔も見えない。

清太郎は声も出なかった。怖かったからではない。頭の中が痺れたみたいになって何も考えられず、ぼうっと男を眺めていることしかできなかったのだ。自分が今、このどこかわからない、もしかしたらこの世ですらないかも知れない場所にいることも、その時は不思議とも思わなかった。——ただ何かを忘れている、とても大事なことを忘れているような気がしてならなかった。

男は櫓を漕いで、舟を桟橋につけた。行灯の明かりに青白く浮かび上がった杭に舟を舫うと、桟橋の先に広がる闇を清太郎に指し示した。

——戻れ。

平坦で低く、虚ろな声だ。およそ人の熱を持たぬ者の声だった。

言われるままに立ち上がり舟縁を越えようとした時、清太郎は我に返った。そこでようやく妹のことを思い出し、身が凍った。

——お美代は？　どこにいるの？

しっかりと手を繋いでいたはずなのに。一緒に水底に沈んで、いつ手が離れたのか、放してしまったのか、覚えていなかった。

「私は必死で、男に妹を探してくれと頼んだよ」

お美代を探してと悲鳴のように叫びつづける清太郎に、男は何も言わなかった。ただ物言わぬ影のように立っているだけだった。

「私は泣きそうになった。いや、泣きだしていたと思うよ。妹を探してくれと繰り返しながら、どうしたらこの男が力を貸してくれるか一生懸命に考えた」

そうだ、と気がついた。相手に物事を頼む時には対価が必要だ。何かを手に入れるためには、きちんと支払いをしなければいけない。それがまっとうな取引というものだ。

「いかにも商人の子の考えだろう。祖父にも父にも、幼い頃からそう教えられていたものだからね」

清太郎は濡れそぼった着物のあちこちを探った。袂に、奇跡的に流されずにすんだ巾着があって、中に祖父から小遣いとしてもらっていた小粒銀が入っていた。

——お願いします。これで妹のお美代を探してください。

小粒銀は十歳の子供にしてみればそれなりの額だが、取引に足りるかどうかはわからない。それでも今、清太郎が持っているのはこれだけだ。

男は無言のままだった。やはり駄目かと清太郎は涙をこぼしてうつむいた。が、そうして幾つか呼吸を数えたあとに、

――わかった。

はっと顔を上げると、男の手が伸びて清太郎の差し出した小粒銀を攫(さら)った。次の瞬間、どんと背中を押されて、清太郎はよろめくように桟橋の上に立っていた。

とたん、黒い布が取り払われたように、視界がひらけた。光と色彩と音がどっと戻って、清太郎は目をしばたたかせた。呆然と桟橋に立ち尽くしたまま、右に左にと川面に目をやったが、青い行灯を灯した小舟の姿はどこにもなかった。

「私がいたのは、柳橋(やなぎばし)のすぐ近くだった。神田川が大川の流れと合流するあたりだよ」

報(しら)せを受けて、両親が髷(まげ)も着物も濡れたままの半狂乱の体(てい)で迎えに来た。船から落ちた者たちは幸いすぐに船頭らに引き上げられたが、清太郎とお美代だけが見つからず、皆で必死に探していたのだという。

こうして清太郎は命を拾った。だが、お美代は――。

「結局、お美代は見つからなかった。亡骸(なきがら)さえ浮かばなくてね。身体が小さいから、あっという間に下流へ流されてしまったんだろうということになって、それで納得するし

かなかった。私は、水の中であの子の手を放したことを、どんなに悔やんだか知れないよ」

お美代を失って店の中は長い間、悲嘆の影に覆われていたが、それでも時薬とはよく言ったもので、月日とともに多丸屋の人々は日常を取り戻していった。痛みや後悔が消えることはなくとも、人は生きていれば、日々の暮らしと忙しく向きあっていかなければならないのだ。

ただ、お美代が死んだ年を最後に、多丸屋が花見船を出すことはなくなった。

「今でも思い出すよ。花見に出かける日、着飾ったお美代はまるで花が咲いたように愛らしかった。この簪は七つになった祝いに祖母がお美代のためにあつらえた物でね。あの子の一番のお気に入りだったんだ。髪に挿すとこの蝶の飾りがきらきら、しゃらしゃらと揺れて、そのたびにお美代は嬉しそうに笑っていた。本当に可愛い子だったんだよ……」

遠く、記憶の中の光景を見ていた嘉兵衛の目が、ふうっと見開かれた。現に戻って来たのだ。その視線が一度、膝もとのびらびら簪に落ちてから、銀次に向けられた。

「おまえさんは、あの舟の男の顔は見たかい？」

それまでひたすら嘉兵衛の話に耳を傾けていた銀次は、寸の間、戸惑ってから首を振った。

「いいえ。多丸屋さんの時と同じで、顔は見えやしませんでした」

実際に男を間近に見たのは瓢仙だが、彼も嘉兵衛と同じことを言っていたのだ。——顔のあたりに影でも貼りついているみたいで、まるきり黒いのっぺらぼうでしたよ、と。

そうかい、と嘉兵衛は淡々とうなずいた。

「私はあの男のことも、あの時に見たどこだかわからない場所のことも、他の者には話さなかった。話せなかったというほうが、正しいだろうね。自分でも説明のつかないことだったし、誰かに言ったらどうしておまえだけが助けてもらえたのかと責められそうで怖かったんだ」

「そんなことは」

誰も責めはしなかっただろう。なぜ妹が死んで自分だけが助かったのかと、おのれを責めていたのは嘉兵衛自身だ。

「いいんだよ。昔のことだ」

嘉兵衛はほろ苦く笑ってから、

「ああ、でもね、祖父にだけは打ち明けたんだよ。もらった小粒銀の使い途を言わないわけにはいかなかったからね」

口調を少しだけ、おどけたように変えた。

今は先々代にあたる嘉兵衛の祖父は、厳しい人だったという。よく小遣いをくれたが、それはけして孫を甘やかしていたからではない。商人としての金の使い方を教えるためだったと、嘉兵衛は言った。

「祖父は常々、金は使うべきところを考えて使え、賢く使った金は後々必ず芽が出るものだと言っていてね。私がもらった小遣いを何に使ったかを、必ず報告しろと言われていたんだ」

無駄な金の使い方をした時には、こっぴどく叱られた。先代の父も私も、祖父には相当にしごかれたよと、嘉兵衛は笑った。

「私が多丸屋の主人になって、これまでどうにか店を潰さずにすんだのは、祖父の教えの賜物さ」

祖父に打ち明けたのは、花見での事故から半年ほど経ってからのことだ。

あの男は何者なのか。

小粒銀を渡したのに、わかったと約束してくれたのに、どうしてお美代は戻って来なかったのか。

何もかもすっかり話してから、祖父にそれまで一人で悶々と抱え込んでいた疑問をぶつけた。

祖父はしばらく考えてから、言った。

——おまえが出会ったのは、おそらく人ではないものだ。あやかしだ。そう聞いても嘉兵衛は驚かなかった。むしろそう思わなければ、子供心にも収まりのつかぬことだったのだ。

——おまえが支払った小粒銀がいずれ芽が出るのか、それとも無駄であったのか、いつかは答が出るだろう。

——けれども忘れてはいけないよ。その男は、おまえの命を救ってくれた。そういう恩のある相手との約束は信じることだ。

そう言って、祖父は温かい手で嘉兵衛の頭を何度も撫でた。

——お美代のことは不幸な事故だった。誰にもどうしようもないことだったんだ。妹のことをおまえが後ろめたく思ったり、重荷として背負う必要はないんだよ。私たちは皆、おまえが生きていてくれたことを、本当に嬉しくありがたく思っているのだからね。

なるほど祖父の教えの賜物とは、よく言ったものだ。銀次は感じ入った。多丸屋の先々代のその言葉があったからこそ、嘉兵衛は店だけではない、自分も潰さずにすんだのだろう。

「今になって青い行灯のうろうろ舟の噂がたった時にゃ、多丸屋さんはさぞ驚きなすったんじゃないですか」

そりゃそうさ、と嘉兵衛は大きくうなずいた。

「思えばあの男と会ったのは、もう三十五年も前だ。もちろん、けして忘れたことはなかったけれど、思い返してあれこれ考えることも、いつの間にかほとんどなくなっていたからねえ」

記憶の抽斗（ひきだし）に大切に仕舞って、年月とともにそれを開けて眺める回数も減っていった。

「なのに降って湧いたように、青い看板行灯だの、うろうろ舟だのって話だもの、そりゃ驚くさ。……いや、実を言うと、あの男がうろうろ舟の商いをしていたってのは、噂を聞くまで知らなくてね。だって私が引き上げられた時には、舟の上に売り物なんざ何も見あたらなかったから」

　後のほうはこそこそと内緒話でもするみたいに言われて、銀次は「はあ」とだけ相づちを打った。

「それで噂を聞いた時には、もう居ても立ってもいられない心持ちになって、本当にあの男の舟があらわれたのならもう一度会いたい、どうにかして会わなければとばかり思い込んでしまったんだよ」

「会ってどうされるおつもりだったんで？」

　そうだねえ、と嘉兵衛は目を細めた。

「まずは、命を助けてもらった礼を言いたかった。あの時に舟に引き上げてもらわなければ、私は今こうして、おまえさんと話をすることも叶わなかったはずさ。それなのに私ときたら、あの男に『ありがとう』の一言も言っていなかったからね」

「端から全部話してくだされば、言伝もしたんですがね」

　案外な役者ぶりだったなと、銀次は胸の内でため息をついた。嘉兵衛がただ舟の売り物が知りたいと騒ぎたてるふうを装ったから、こちらもすっかり騙された。

「それは考えないでもなかったよ。でも……」

おまえさんに言えなかったんだと、嘉兵衛は困ったように微笑んだ。

「必ず会えるとは限らないものを、自分の代わりに礼を言ってくれなんてさ。おまえさんにとっては、うろうろ舟の売り物を調べることよりも、ずっと荷の重い仕事になっちまうだろう？」

そのとおりだ。嘉兵衛があの舟と以前に係わりがあったかなかったかで、事の重みはまったく違う。端から真相を知っていれば、おそらく銀次は今回の依頼を断っていただろう。——知っていれば伝えたのにというのは、実際にあのうろうろ舟と出会えた今だから、言えることだ。

結局礼を言えなかったなあと呟いて、嘉兵衛はまたほろりと笑った。

「もうひとつ、私は祖父が言っていた答というのが知りたかったんだよ」

「答が？」

——おまえが支払った小粒銀がいずれ芽が出るのか、それとも無駄であったのか、いつかは答が出るだろう。

「もしも会うことができて、あの男が私のことを忘れていても、それはそれでかまわなかった。三十五年も前のことなど覚えていないと言われたら、私もこれきりもう忘れようと思ったんだ。――まあ、それとて私が自分で行ってあの男と話をするのでなければ、どうしようもないことなのだけれどね」

嘉兵衛が自分で柳原に出向くことができなかったのは、最初に銀次に話したとおりだ。番頭に止められたし、女房には浮気を疑われた。

「お佐江はいまだに、ろくすっぽ口をきいてくれないんだよ」

嘉兵衛は肩をすぼませる。

それでも、諦めきれなかった。

「だって、もしかしたらあの男は私のことを忘れていないかも知れない。三十五年前に私と交わした言葉を、覚えているかも知れない」

そんな期待を捨てきれず、止むに止まれず銀次に依頼をしたというわけだ。

「他力本願でも、何もしないよりは踏ん切りがつくと思ってねえ。おまえさんには、妙なことにつきあわせて悪かったと思っているよ」

「別段、そいつはかまいませんがね」

こっちは仕事で請けたことですから、と銀次は肩をすくめた。

「ま、運良く奴さんに出会えたはいいが舟が売ってる物を確かめただけで終わった、てなことにならなくてよかったですよ」

「ああ。おまえさんは、とても良い仕事をしてくれた」

嘉兵衛はもう一度、びらびら簪に視線を落とした。

「たいしたものだ。この簪はまるきり新品みたいじゃないか。細工は何ひとつ欠けてもいないし、古びてもいない。あの日お美代が髪に挿していた時のままだ」

――小粒銀の約束は果たした。

「本当にお美代を探してくれたんだね。そうして彼岸へ旅立つあの子から、この簪を預かったんだね。それをおまえさんに託して、私に届けてくれた」

あの男は、私との約束を守ってくれた。それが答だ。

嬉しいねと呟いて、嘉兵衛は目尻に滲んだ涙を、指でそっと拭った。

「――それで結局、あの舟の売り物は何だったんだい？」

しばし、しんみりとしていた嘉兵衛だが、ふと思いついたように銀次に問うた。すでにいつもの、にこにことした恵比寿顔に戻っている。食えねえなあと銀次は苦笑すると、冷め切った茶を一口飲んでから、にやりとした。

「そいつは、話のサゲとさせていただきますよ。この怪談をお買い上げいただけるのでしたら、お教えいたします」

「そりゃないよ。もともと売り物を確かめるっていう依頼だったじゃないか」

目をむいてみせてから、嘉兵衛は笑いだした。

「わかったよ。言い値で買おうじゃないか。立派な怪談に仕立てておくれ。——これは私の身に起こった、私の物語だからね」

数日のうちに仕立てた怪談を披露することを約束して、多丸屋を後にした銀次だったが、長屋へ戻ろうとして、ふと足を向ける先を迷った。

「……やっぱり、礼くらいは言っとかねえとなあ」

終わってみれば今回はかなりいい稼ぎになったわけで、ありがたいことだ。しかしこの件は、瓢仙の助けがあったからこそ。銀次だけでは、解決することは無理だったろう。

「ああ、それと、話の中にあン人の名前を入れてもいいものかどうかも、訊いとかねえとな」

嫌だと言われたら、瓢仙を登場させずに怪談を仕立てることになる。怪異についてはあくまで本当のことでなければならないが、係わった人間に迷惑がかかるのではまずい。

銀次も、そこは融通をきかせるところだ。

「それにしたって、あやかしってなぁ、存外、義理堅(がて)ぇもんだ」

びらびら簪の真相を聞いて、瓢仙は何と言うだろう。

きっと、しれっとすました顔で面白がるに違いない。――何度かしか会っていない相手なのに、そう確信して、銀次は笑いをこぼす。

「よしっ」

腹を決めて、銀次は神田川の方角へと足を向けた。

和泉橋を渡って、川を越えるか。瓢仙の住む湯島横町は、その先にある。

第二話

お伽屋（とぎや）

一

本所は石原町であやかし騒ぎがあったそうなと、銀次が偶さか耳にしたのは、このところ行きつけにしている一膳飯屋でのことだった。

小上がりの隅で煮豆を肴に一人で酒をちびちびとやっていると、背後の衝立の向こうから二人連れらしい客の会話が漏れ聞こえた。この店の漬け物は滅法美味いという他愛ない話から、そうそう漬け物と言やぁ……と、片方の男が心持ち声を落とした。

「知ってるか。石原町にトメ屋ってぇ漬け物屋があるんだが、なんとその店に出たんだとよ」

「食あたりでも出たのかい」

「馬鹿言え、漬け物で腹を下しちゃ世話ねえや。——そうじゃなくて、バケモンが出たってさ」

「秋分も過ぎたってのに、季節はずれだの」

これかい、とおそらく相手は両手の先をぶらりと垂らしてみせたのだろう。違う違うと、最初の男が鼻先で手を打ち振った様まで目に浮かんだ。

銀次は猪口(ちょこ)を置くと、座ったまま尻の位置をずらして、衝立にぴったりと背中を寄せた。隣の会話に耳をそばだてる。

「なんでも、鯨(くじら)みてぇにでかくて黒いバケモンが夜中にぬっと家の中に入ってきて、寝ていた店の主(あるじ)と年老いた母親に襲いかかったんだと。そいつの目ン玉は朱塗りの椀みてぇに赤々と光って、口を開けりゃ鋸(のこぎり)みてぇな歯がぞろりと並んでたってんだから、凄(すさ)まじいや。婆さんは腰を抜かして寝込んじまうし、店主のほうはそれからとんと姿を見ねえとかで、きっとバケモンに喰われちまったに違いねえってぇ噂だぜ」

なんだいそりゃと、相手はいかにも疑わしげだ。

「いい加減なことを言うねい。鯨ほどもあるヤツがどうやって家の中に入ってくるんだよ。屋根が素っ飛んじまわ。おまけに夜中に黒いバケモンじゃ、とんだ闇夜のカラスだ。誰から聞いたか知らねえが、そりゃおまえ、担がれてんじゃねえのかい？」

「いちいち細けぇ野郎だな。うちの嬶(かかぁ)の実家が本所の回向院の近くでよ、先だって嬶がそっちに顔を出した時に近所で噂を聞いてきたってんだから、担ぐも何もねえや」

「どうだか。人を喰らうバケモンなんざ、本当にいたら大事じゃねえの」

「だから大事なんだよ。しかも話はそれだけじゃねえ。実はトメ屋がバケモンに襲われるのは、初めてのことじゃねえらしい」

「なに、前にもあったってのか」

「おうよ。トメ屋の女房が、ちょうど一年前にやっぱりそのバケモンに喰われたってよ。一人息子の目の前で、一口に丸呑みだと」

へぇえと相手は頓狂な声をあげる。二人ともそこそこ酔いが回っているようで、そろそろ呂律が怪しい。

「それこそ一大事じゃねえか。なんでえ、その漬け物屋はバケモンに恨まれる筋でもあったのかえ」

「さあなあ」

おっかねえな、ああまったくだ――と、言い交わしてから、どちらかが欠伸をした。

会話はふわふわと取り留めなく流れて、そのままおつもりとなりそうな気配である。

銀次は衝立からひょいと首を突き出した。なりからして職人らしき二人連れに、愛想よく声をかけた。

「おまえさんがた、面白そうな話をしているな。悪いとは思ったが、つい聞き耳を立てちまった。まあこれも縁てことで、一献どうでえ」

闖入者に隣の客がそろって目を丸くしているのにはかまわず、銀次は自分の徳利と猪口を手に、さっさと彼らの傍らに腰を据えた。

お運びの女を呼び止めて、

「姉さん、酒を頼む」

ここは奢りだから遠慮なく飲んでくれと言うと、二人はたちまち警戒を解いて相好を崩した。銀次は運ばれてきた酒を二人の猪口に注いでやりながら、

「俺は怪談てやつが大好物でね。今の話、ちっと詳しく教えちゃくれねえか」

銀次にとって、怪談は飯のタネである。

幽霊やあやかしが出たという噂。人か、人ならざるモノの手によるのかも判然としない奇怪な事件。人智を超えた不思議な出来事。――いわゆる怪異というやつは、この江戸の地の随所に湧いて出る。

それらを収集し、怪談としての体裁を整えて他人に売るのが、銀次の生業だ。客はもっぱらその手の話に目がない数寄者たちで、たいていは「そろそろ新しい話は入ってないか。とびきりのやつを頼む」だの「百物語で披露する小ネタを幾つか」だのと、まるで棒手振(ぼてふり)から魚を買うように注文してくる。もちろん、「面白い怪談が入りまして」と銀次がみずから得意客に売り込みに行くことだってある。

ありがたいことに、通人というのはおのれの好みに金を惜しまない。さらには怪異ですら道楽にしてしまうのが、江戸っ子の酔狂だ。銀次がこの商売を始めたのは十八の時だったが、それから六年経った今は、上客もついたおかげで独り身がそこそこ食うに困らない程度には稼げるようになった。

お伽屋。

他人に商売を訊かれれば、銀次はそう答える。たいがいの者がはてと首を傾げるのも道理で、端からそんな商売は江戸にはない。お伽という言葉も、人に話を聞かせて無聊(ぶりょう)を慰めるという意味にひっかけて、ただの思いつきでそう名乗っているだけである。

さて。

飯屋を出て、住吉町の長屋に戻る道すがら、銀次は隣の客から聞き出した話を胸のうちで反芻していた。

本所石原町のトメ屋で騒動が起こったのは、七日ばかり前のことだという。店の主人とその老母がバケモノに襲われたくだりは、衝立の陰で盗み聞きした内容のままだったが、銀次が気になったのはその先、危うく尻切れトンボになりかけた話の続きだ。

――トメ屋の女房が、ちょうど一年前にやっぱりそのバケモンに喰われたってよ。

昨年の今頃、トメ屋から女房の姿が消えた。幼い息子が「かあちゃんは真っ黒なお化けに食べられた」と言っていたそうだが、何しろ童の言葉であるから誰もまともには取りあわず、結局、女房はどこかの男と駆け落ちでもして行方をくらませたのだろうということになった、らしい。当時バケモノの話が人の口にのぼらなかったのは、そのためだ。

しかし、当のバケモノはふたたび、トメ屋にあらわれた。今度は店の主人の行方が知れず、襲われた老母は寝込んだまま呆けたように「バケモノが、バケモノが」と繰り返しているという。――それでようやく近隣の者たちは幼い息子の言葉を思い出し、もしや女房が喰われたというのは本当のことだったのかと慄いた。バケモノの噂はあっという間に本所界隈を巡り、大川を越えて銀次の耳に届いたというわけだ。

「明日にでも、行ってみるか」

怪異の噂を聞けば現場に出向き、自分で納得がいくまで調べあげるのが銀次のやり方である。間違っても真偽の定かではない噂話を、右から左に売りに出すようなことはしない。ましてや根も葉もない作り話をでっちあげなどしたら、客はいっぺんに離れてしまう。お伽屋銀次の怪談は本物だという評価があるからこそ、この商売は成り立っているのだ。だから手抜きはできないし、するつもりもない。

もちろん、噂を頼りにさんざん歩き回って聞き込みをしてみたら、怪異でも何でもなく尾ひれがごっそりついただけの与太だったり、誰かの他愛ないほら話だったというのも、ままあることだ。経験を積み勘を働かせることを覚えてからは、そういう無駄足を踏むことも滅多になくなったが。

その勘が、今回は久々にでかい当たりだと、頭の隅で囁いている。

ならばのんびりしている暇はない。怪談にも鮮度というものがある。読売にでもすっぱ抜かれて噂がさらに広まれば、こちとらの売り物の値も下がるというものだ。

長月(ながつき)に入ったばかりの月のない夜、闇の底のような道を塒(ねぐら)を目指して足を速めながら、銀次は仕事の段取りに思いを巡らせる。

ふと、眉間に皺が寄ったのは、先の男から聞いた一言を思い出したせいだった。

——一人息子の目の前で、一口に丸呑みだと。

かあちゃんは真っ黒なお化けに食べられた、と子供は証言したという。

まだ幼い子供が、目の前で母親が喰われるのを見ていたというのか。

「胸くそ悪ぃな」

呟いたとたん、この時季に咲くはずもない梅の香を嗅いだ気がした。銀次は思わず、首を巡らせる。

ああまただ、と思った。また、あの光景が……。

見渡すかぎり咲き誇る白梅。

彼の手を引き、母は早足で歩いていく。どこへ行くのだろう、なぜそんなに急いでいるのだろう。はらはらと降りかかる白い花びらを時々手で払いながら、銀次は母親の背を凝視している。

と、幼い目にも華奢なその背中が、ぐらりと揺れた。

鮮血の紅をしぶかせて倒れた母の向こうに、見上げるほどに大きな黒い影が立っていた。人の輪郭をしているが、頭から二本の異物が突きだしている。角だ、と思った。――あれは、鬼だ。

刹那、一際強い香を放ち、梅の花びらが彼の視界に逆巻き、舞った。斬られて宙に飛んだ母の首が、地面に落ちて鞠のごとくにてん、てんと。立ち竦んでいた彼の足もとまで転がり止まった。

白く美しい首は薄く目を開いたまま、唇の端から真紅の糸のような血がすうっと垂れた……。

銀次は目をまたたかせると、強く頭を振った。振り払われた記憶は、夜の闇に霧散する。気づけば彼は足を止めて、道の真ん中に立ち尽くしていた。

「くそ。ここんとこ思い出さずにいたってのによ」

舌打ちすると、銀次は両腕をさすりながら歩きだした。晩秋の夜気はしんと音もなく、肌を刺すように冷えていた。

二

ぴし、と天井の隅で音がした。

この時季は昼間と夜の気温差が大きい。そのせいで木材がたわんで音をたてたのであろう。しかし六つの正太（しょうた）に、家鳴りの理由などわかろうはずもない。

行灯の火の消えた真っ暗な部屋、子供は目を見開いたまま、床の中で身を縮めた。

前は眠って次に目を開ければ、朝になっていた。なのにこの頃は夜の間に何度も目がさめる。ほんの小さな音がしただけで、はっと起きてしまう。

正太がそんなふうになったのは、数日前——父親の定吉（さだきち）と祖母のお勝（かつ）が、黒いバケモノに襲われた日からだった。

あの日の夜更け、寝ていた正太は突如隣の部屋から聞こえた魂消（たまげ）るような悲鳴と物音に、飛び起きた。がちゃんと何かが壊れる音、襖（ふすま）や戸がガタンガタンと激しく鳴り、乱れた足音がばたばたと響いたあと、家の中はふいに静まり返った。

わけもわからぬまま、正太はおそるおそる床を出て、襖に這（は）い寄った。一寸ばかり開いて片目だけで中を覗き込むと、隣室には行灯の明かりが灯っていた。お勝はまだ起きていたらしい。畳の上に割れた徳利と猪口が転がっているから、いつものように定吉と二人で寝酒を飲んでいたのだろう。

そのお勝は畳に仰向けに倒れて、気絶したまま死にかけた虫みたいに手足を痙攣させていた。定吉の姿は部屋にはない。

行灯の暗い火が、ゆらりと動いた。みっしりと部屋の半分ほども占めていた闇が不自然に動いて、それでようやく、正太はそこに何かいることに気づいたのだ。

片目だけでじっと見つめると、それは大きくて真っ黒で、どこが手なのか足なのかもわからない、大きさすらもさだかではないモノだった。

——あいつだ。

正太には、すぐにわかった。あいつは、かあちゃんを喰っちまったお化けだ。

ぞっとして悲鳴をあげそうになったが、喉からはかすかすとした息が漏れるだけ。逃げだしたいのに、膝が萎えて身動きもできない。ぶるぶる震えながら、ひたすらバケモノを見つめていることしかできなかった。

と、それはふいに頭とおぼしきあたりを巡らせて、襖の陰にいる正太のほうを向いた。

爛れたような赤い双眸、かっと開いた口の中にぞろりと並んだ尖った歯が、行灯の火明かりに浮かび上がった。

そのあとのことを、正太は覚えていない。気がつくと襖のそばにひっくり返った恰好で、悲鳴を聞いて駆けつけてきた近所の人たちに「坊、大丈夫か。しっかりしろ」と身体を揺さぶられていた……。

みし、と家のどこかでふたたび音がした。

正太は夜具を頭まで被って、息を殺した。またあのお化けが来たらどうしよう。次はきっと、おいらが喰われる番だ。

「かあちゃん……」

物音をたてると本当にバケモノがやって来そうな気がしたから、正太は夜具に潜ったままぎゅっと身体を丸めて、声を殺してすすり泣いた。

昨夜は泣きながらいつの間にか眠ってしまったらしい。そのあと一度か二度、目がさめたような気がするが、よく覚えていない。なんだか頭がぼうっとするし、何をするのも億劫で、正太は戸を閉めたままの店の前にしゃがみ込んでいた。

トメ屋はもう何日も暖簾を出していない。店に立つ者がいないからだ。定吉はあの夜から姿を消したままだし、お勝は寝込んだきり食事をとる時と厠に行く時しか起きてこない。それでもバケモノがあらわれた翌々日くらいまでは、腰を抜かして身動きもままならなかったのだから、ずっとましになったのだろう。

トメ屋には他に、通いの女中が一人と下働きの老人がいたが、どちらも騒ぎの翌日からぱったりと顔を見せなくなった。代わりに隣町に住むお勝の妹のお七が毎日訪ねて来て、家事をこなしていた。

お七は末の妹で、お勝とはだいぶ歳が離れている。まだ四十代であるから、正太はお七おばちゃんと呼んでいた。今も、「正坊、何かあったら声をかけとくれ。一人でどこかへ行くんじゃないよ」と言い置いて、裏の井戸で洗濯をしている。お七がおさんどんをしてくれなければ、正太もお勝も飯が食えずに干上がっていたところだ。

お七おばちゃんは、鶏ガラみたいに痩せた婆ちゃんとは反対に、でっぷり丸くて汗っかきだ。太い腕を振り回して大声でしゃべるけど、朗らかでよく笑って、いつも目を吊り上げてキンキン声で他人の悪口を怒鳴る婆ちゃんとは全然違う。かあちゃんにも優しかったから、正太は婆ちゃんよりおばちゃんのほうがずっと好きだった。

だがそのお七にしても、自分の家のことや家族の世話があるから、暗くなる前には帰ってしまう。そのあと正太は、寝間にこもったままのお勝とほとんど言葉を交わすこともなく、長い夜を一人で怯えながら過ごさなければならなかった。

足もとにあった小石を拾うと、正太はしゃがんだまま地面を引っ掻いた。なんとなく手を動かしているうちに、それは彼が見たお化けの絵になった。ぎょろりとした二つの目、大きな口にぎざぎざの歯。全体の輪郭がよくわからないので適当に手足の生えた達磨みたいなかたちにしたら、本当にそんな姿をしていたように思えてきた。

「へえ、上手いもんだ」

いきなり頭の上から声が降ってきたので、正太は驚いた。身体をねじって見上げると、いつの間にか見知らぬ男が後ろに立っていて、彼の絵を覗き込んでいる。

「おまえさん、この店の子だろ。そいつが例のバケモノかい？」

正太は立ち上がると、草履の裏を地面にこすりつけるようにして、絵を消した。何歩か後退ってから、男をじろじろ見た。

「おじさん、誰？」

おじさんと言われて男は苦笑した。六歳の子供にわかるのは、相手は父親よりはずっと若いだろうけど、大人にかわりはないということだ。

「俺はお伽屋の銀次ってもんだ」

「おとぎや？」

「物語を客に売る商売さ」

正太がきょとんとしていると、男――銀次は「まあ、わからねえよな」とこめかみのあたりを指で掻きながら言った。

「おじさんも、おいらにお化けのことを訊きに来たの？」

「も……ってこたぁ、他にも坊のところに来たヤツがいるのか」

「うん、たくさん」

そうかと呟いて、銀次は何か思案するような顔をした。正太は彼を上目遣いに見つめて、心の中で「ちゃんちゃらおかしいや」と声をあげた。

この「ちゃんちゃらおかしい」というのは、近くに住む畳職人の息子の長吉がよく使う言葉だ。長吉は正太より二歳年上だが、もっと年嵩の子らよりも身体が大きいうえに、気に入らないことがあるとすぐに拳をふるう乱暴者だ。正太もこづかれて泣かされたことなら何度もある。だけど、「ちゃんちゃらおかしい」の意味はよくわからないけど、長吉が得意気な顔でそう言うと、なんだか大人みたいで恰好良かった。それでこっそり真似て口にしてみたら、本当にちょっと大人びて強くなったみたいな気がしたから、正太にとっては大切なおまじないみたいな言葉なのだ。

その長吉も近所の子供たちも、お化け騒ぎのあとは怖がってトメ屋には寄りつきもしなくなったけれども。

「バケモノは、本当にそんな姿をしていたのか?」

正太は答えなかった。口を固く結んでいたら、銀次はぽつりとつづけた。

「ひどい目にあったな」

正太は目をまたたかせた。銀次はすいぶん真剣な顔で彼を見下ろしている。お化けのことを訊いてくる大人たちは皆、ヘンな薄笑いを浮かべて、気持ちが悪いくらい優しい声や口調なのに。

そうだ。皆、そうだった。正太を見かけると、何人かでこそこそ耳打ちしてから近寄ってきて、いかにも可哀想(かわいそう)なものを見るような顔でいろいろ言ってくるのだ。

——おい、バケモノがでたってのはこの店かね。

——おまえも見たんだろ。バケモノってのはどんなふうなのか、ちょいと聞かせてくれよ。

——鯨みてぇにデカかったっていうのは本当か。え、そんなに大きくなかった？　なんだつまらねえ。

——とうちゃんもかあちゃんも喰われちまったんだってな。気の毒になあ。

——ところで、おまえと婆さんはどうして助かったんだ？

最初の頃は訊かれたことに答えていたけれど、そのうち嫌になってしまった。腹も立った。だから何を言われても黙ったままでいることにした。そうすれば皆、ぶつくさ言ったり舌打ちして目の前からいなくなるから。

「すまねえな。こいつは、おまえにしかわからねえことだから訊くんだけどよ」

銀次は膝に手をついて正太と同じ目の高さまで身を屈めた。

「おまえのとうちゃんは、他のヤツらが言うようにバケモノに喰われちまったのか？」

何も言うものかと思っていたのに、銀次の真剣な面持ちにつられてつい、「知らない」と正太は答えた。

「おいら、何も見てないもの」

正太が悲鳴を聞いて隣の部屋を見た時には、そこにはもうお勝しかいなかったのだ。

なのにどうして皆、とうちゃんがお化けに喰われたって言うんだろう。とうちゃんが喰われたところを見ていないから、おいらは何も言ってないのに。かあちゃんが喰われた時には、誰も信じなかったくせに。

「見てねえか。じゃあ、生きてるかもな」

銀次はうなずくと、背中を伸ばした。

正太は地面に目を落とす。

とうちゃんはきっと生きている。いなくなったのは、お化けに驚いてどこかへ逃げたんだ。お七おばちゃんも、そう言っていた。

ふと、頭の片隅で小さく囁くような声を聞いた気がした。

――とうちゃんは、お化けに喰われりゃよかったのに。

「坊。いや、正太」

名前を呼ばれ、正太ははっと目を見開く。とたんに、頭の中の囁き声は霧が散ったように消え失せた。

「どうしてバケモノはこの店にあらわれたんだろうな」

どうして？　正太は心の中で首をかしげた。

「バケモノにだって、理屈はある。たとえそれが、こっちにとっては意味の通らねえ屁理屈でもな。おまえの見たバケモノは、この店かおまえの家族に因縁があるんじゃねえかと思うのだが」

たいていのヤツらは、可哀想だ気の毒だと猫なで声で言いながら、本当はそんなことカケラも思っちゃいない。それくらい、六歳の子供にだってわかるのだ。だが銀次は正太の名を呼んだ時から、大人に話しかけるような口調になっていた。正太にはそれが不思議だった。

インネンて何だろうと思ったが、訊き返すのは癪なので、やっぱり黙ったままでいたけれども。

「おまえは、バケモノがあらわれた理由に心当たりはねえか？」

正太が無言で首を振ると、銀次はちょっと肩を落とした。

「そいつがわかれば、バケモノの正体も知れるだろうにな。それこそ化けの皮が剝がれりゃ、バケモノはもう出てきやしねえだろうが」

「出てこなくなる？」

うっかりまた、口をきいてしまった。それくらい正太にとって思いがけない言葉だったからだ。

もしあのお化けがもう出てこなくなれば、おいらは喰われずにすむ。毎晩怖い思いをしなくてもすむんだ。

だけど、と思った。お化けの理由なんて知らない。おいらは何も知らない。

「バケモノが鯨みてえにでけぇだの、実はそこの堀に棲(す)んでいる年経た河童(かっぱ)で手に水掻きがあるだの、近くの武家屋敷で無念の死を遂げた侍の祟(たた)りだのと、他のヤツらが噂していることは、たいがい嘘っぱちだろうよ」

河童だとか侍の祟り云々は、バケモノの噂を聞いてトメ屋に押しかけてきた祈禱(きとう)師や占い師がしたり顔で言ったことだった。見るからに胡散臭いうえに法外な祈禱料をふっかけてきたから、お七が怒って塩を撒(ま)いて追い払った。嘘っぱち話の出どころは、間違いなく彼らだろう。

「俺は本当のことが知りてえんだ。だからおまえが知っていることを、俺に教えちゃもらえねえか」

銀次の目が、正太の顔を覗き込んだ。

――本当のこと。

それは、とうちゃんが「しゅらん」で、かあちゃんはいつもそれで泣いていたのに、近所の人たちも酒を飲ませたら駄目だって言っていたのに、ばあちゃんはおかまいなしでとうちゃんの好きにさせていたことだろうか。

かあちゃんがお化けに食べられた夜も、とうちゃんは酔っぱらってどろんと濁った目をしてかあちゃんを殴って、ばあちゃんはそれを止めるどころかとうちゃんと一緒になって「役立たず」って怒鳴っていたことだろうか。

そんなの、今日会ったばかりの人に話したってしょうがない。お化けとは全然、関係がない。

意固地の虫がまたぞろ頭をもたげて、正太は銀次の視線を避けて下を向いた。足もとの地面を睨みつけていると、「悪かったな」と銀次の声がした。

「怖いことを思い出させちまって」

顔をあげた時には、銀次はすでに踵を返して歩き出していた。遠ざかる背中を見つめて、ちゃんちゃらおかしいや、と正太は呟いた。

三

銀次が湯島横町に足を運んだのは、その翌日のことである。

目指す家は袋小路の奥、狭い路地に入ると表通りの喧噪がふいに遠ざかる。その一瞬だけ、まるで鬱蒼とした森に迷い込んだような覚束ない気分になるのは、何度ここを訪れても変わらない。

「瓢仙先生、いるかい」

庭木戸を通って縁側から声をかけると、座敷の薄暗がりからゆらりと細身の人影が出てきた。

「あなたね、たまには表から挨拶して入って来たらどうなんです。それと、先生はやめてくださいと何度も言っているじゃないですか」

「医者なら先生でいいだろ」

「もと医者です。とっくに隠居ですのでね」

縁側の陽射しの下に姿をあらわしたこの瓢仙という人物、かつては東大森で医業を営んでいた。それが何年か前に江戸に家移りし、たまに請われて病人を診ることはあるが、本人は悠々自適の隠居生活だと嘯いている。

おそらく五十の半ばを過ぎているだろうが、どうにも年齢不詳で、本当は幾つなのか銀次もよくわからない。一見すれば初老を過ぎた年齢相応の、穏やかで物事に動じぬ風貌で、とくに切れ長の細い目は日溜まりにまどろむ猫を彷彿とさせる。

だがその細い目が、時に童のような稚気をたたえることもあれば、薄刃のごとくに冷え冷えと鋭い光をおびることもあるのを、銀次はすでに知っていた。要するに、いかに見た目は無害の体であっても、中身は飄々として食えない男なのだ。

「どうでもいいだろ。面倒臭え」

このやりとりも、知り合ってから何度も繰り返していて、もはや挨拶みたいなものである。

「それよか、頼みがあるんだが」

「どうせまた、あなたの仕事の手助けをしろと言うんでしょう」

飄仙は、これ見よがしにふっと息をついてみせた。

「つまらない話だったら、ごめんですよ。ちゃんとあやかしにお目にかかることができるのなら、手を貸すにやぶさかではありませんがね」

「わかってるって」

銀次が瓢仙と出会ったのは、この春のことだ。神田川に出没する奇妙なうろうろ舟の一件をたまたま一緒に解決して以来、銀次はたびたびこの家を訪れるようになっていた。これまで商いのために振りまく愛想はあっても、他人と深く係わり合うことをしてこなかった銀次が、こうして親子ほども歳の離れた瓢仙とつきあっているのには、一応、理由がある。

ひとつに、瓢仙が無類のあやかし好きであることだ。

なにしろ東大森にいた頃には、物好きにも自宅の離れに百鬼夜行の絵やら妖怪の人形やらを飾りつけ、化け物茶屋と称して世間をあっと言わせた経歴の持ち主である。あたかも怪異に恋い焦がれるような、愛でるようなその言動は、時に銀次が見ても常軌を逸しているほどだ。

さらに銀次が恃むのは、瓢仙があやかしを見ることの出来る、いわゆる神通力とでも言うべき力を持つことだった。亡霊だろうがバケモノだろうがそれ以外だろうが、瓢仙の目はおよそ常人が見ることのない人ならざるモノたちの姿かたちをはっきりととらえ、この世にあらざる景色までも映すのだ。

とすれば銀次の商いにとってこれほどありがたい人間もいないわけで、最初のうちこそ怪談のネタでも拾えれば儲けものと瓢仙のもとに通い茶飲み話などしていたのが、だんだんとあやかしの噂の立った現場にまで同行を頼むようになった。これには瓢仙も案外乗り気で、いわく暇な隠居の道楽ということらしい。

「まあ、話を聞いてくんな」

銀次が足を拭って縁側にあがったところで、瓢仙が身のまわりの世話をまかせるために雇っているタキという老女が、台所から顔を出した。七十をとうに過ぎて髪は真っ白、腰も曲がってしまっている。それでも足腰はまだまだ丈夫で、毎日近所の長屋からせっせと通ってきているのだという。

銀次を一瞥するとタキは、

「来たのかい」

と言ったきり、挨拶するでもなくまた引っ込んでしまった。

「相変わらず愛想のかけらもねえ婆さんだな」

銀次が言うと、瓢仙はいやいやと首を振った。

「あれで気働きのできる人ですよ。炊事洗濯掃除、何をやらせても手抜かりがないから、助かっています。それにあたしは、騒々しい人間は苦手でね。あれくらい無愛想なのが丁度いいんです」

その言葉どおり、銀次が縁側のつづきの座敷に腰を落ち着けたのを見計らったかのように、タキは茶を運んできた。この季節、朝夕は冷えても昼間の陽射しはまだ強い。喉が渇いていたので、わざわざぬるめに淹れてくれたらしい茶は有り難かった。

茶を一息に飲み干すと、銀次は早速、飯屋で耳にしたトメ屋のバケモノの噂について瓢仙に語った。

「で、真相を確かめに、本所まで出向いたんだ」

数日かけて、トメ屋の関係者や近所の住人のところを回って聞き込んだ。そうして昨日――最後に声をかけたのが、正太だった。

「それで、何かしらの目処がたったから、あたしのところへ来たのでしょう。そのバケモノとやらは本物なんですか」

耳を傾けていた瓢仙は、安穏とした体で茶を啜った。

「俺の勘じゃ、本物だ」

「勘ですか」

瓢仙はふふと、声なく笑った。

「おかしな話じゃありませんか。昨年と今回、同じバケモノがあらわれて店の女房と主人を喰らったっていうのだから。一体またどういう理由で、その漬け物屋はそんな怖ろしげなバケモノに魅入られちまったんでしょうね」

「何か因縁があるんだろうよ。だが、そいつがまだわからねえ」

銀次は肩をすくめた。

「歩き回ってちまちまと話を聞き込んでも、埒が明かねえもんで、ここはひとつ先生に出張ってもらえねえかと思ったわけだ」

おやおやと、瓢仙はすました顔で、

「自分で納得がいくまで怪異の真相を調べ上げるのが、あなたの信条でしょう。最近、手抜きをしてませんかね」

「立ってるものは親でも使えって言うだろ」

「人にものを頼む時に、それを言いますか」

「いいじゃねえか。あんたはあやかしを見ることができて、俺は手っ取り早く怪談のネタを仕入れることができる。持ちつ持たれつってことで」

「なんだか出かけたくない気分ですねえ。急に手伝う気が失せたような……」

「あんた、大人げないって言われたことねえか？」

いけねえ、この先生と話をしていると、なんでだか軽口の掛け合いみたいになっちまう。銀次は頭を掻くと、気を取り直して話をつづけた。

「トメ屋の近辺の連中や縁者から話を聞いたが、どうも腑に落ちねえことがあってよ」

「ほう」

瓢仙は目で話の先を促す。

「まずトメ屋の店主の定吉だが、バケモノに喰い殺されたってのは噂に尾ひれで、本人は無事で今もぴんぴんしているんだろうよ。行方が知れねえのは大方、バケモノに怖れをなして、家にも寄りつかずにどこかに隠れているんじゃねえかって話だ」

「誰かがそう言ったということですね」

「ああ。縁者の一人で、お七って女だ。店の女中が今度のことでやめちまったから、かわりに定吉の母親のお勝と息子の正太の世話を買って出たっていう、奇特な女でね」

お七はお勝の末の妹だが、もともと姉妹仲はたいしてよくはなかったらしい。

――姉さんには、子供の頃から何かにつけて愚図だとんまだと罵られてばかりでねえ。歳も離れているし、あたしゃもとからのんびりした質だから、やることなすこともたついて見えて、それが姉さんの癇に障ったんだろね。

そのため隣町に住んでいても、これまでは互いにあまり行き来はしていなかったという。

――だけどその姉さんが、あのバケモノの一件で寝ついてからはすっかり塞ぎ込んで、ろくに口もきけなくなっちまってさ。毒気を抜かれたっていうか、げっそり窶れて弱々しくなったのを見たら、なんだか可哀想で。正太もまだ小さいし、他の姉妹はみんな遠方に嫁いじまったから、あたしがお勝姉さんの面倒をみてやるしかないよね。

それにしたって定吉は心底ロクデナシだと、お七は甥の話をする時だけ、人の好さそうな顔に怒りを滲ませた。

「お勝もどうやら、世話をしてくれる妹にはぽつりぽつりと言葉を漏らすようになったらしいんだが、それでお七が聞き出したところでは、定吉はバケモノがあらわれるやいなや自分だけ家を飛びだして一目散に逃げちまったそうだ。そもそも弔いの話も出てねえんだから、そのまま姿をくらましているのは間違いねえや」

腰を抜かして動けない母親と幼い息子を置き去りにして一人で逃げるとは、なんて意気地も情もない人間かと、お七は憤慨していた。

「定吉ってヤツは、もともと界隈でも有名な鼻つまみ者だったみてぇだな。普段は肝っ玉の小せえ男だが、酒が入ると暴れて手がつけられなくなるらしい。可哀想なのは女房のおりくで、定吉は酔っぱらうとてめえの女房に暴力をふるうものだから、見かねて近所の者が止めに入ることもあったってよ」

——殴られて、しょっちゅう痣(あざ)をつくったり顔を腫らしていたよ。おりくさんは、本当に気の毒だった。

そう言ったのは、近くの長屋の井戸端にいたおかみさん連中だ。大きな声じゃ言えないけどね、と顔を見合わせながら、

——あたしらだって何とかしてやりたかったけど、何しろ姑(しゅうとめ)のお勝さんが性格のきつい人でね。定吉さんを咎(とが)めるどころか、他人が何を言ったところで耳を貸しゃしないのさ。それどころか、定吉さんと一緒になっておりくさんにはずいぶん辛(つら)くあたっていたみたいで。

お勝はお勝で、おりくのすることに終始厳しく目を光らせ、ちょっとでも気にくわな

いことがあると口汚く罵ったり、折檻することもあったという。

「吝いだの底意地が悪いだのと、近所のお勝の評判も定吉とどっこいだ。それでも売り物の漬け物がまあまあ味がいいってんで、商いはなんとかつづけてこられたらしいが」

おりくの実家は貧しい農家で、半ば口減らしのかたちで奉公に出され、トメ屋の女中となった。不平も言わずに素直によく働くのがお勝に気に入られて定吉に嫁いだというが、これもおかみさん連中に言わせれば、

──嫁にしちまえばただでこき使えるって腹だったんだろ。おりくさんが嫁いだとたんに、他の女中をお払い箱にしちまったんだから。

──そのせいでおりくさんは、店のことも家のことも一人でやらなきゃいけなくなってさ。お勝さんに顎で使われて、朝から晩まで働きづめだったよ。

と、いうことらしい。

そうすると、今回の騒動で店をやめた女中と下働きの老人は、おりくがいなくなって仕方なしにまた雇い入れたということか。

──だから正直なところ、おりくさんが姿を消したって聞いて、あたしらホッとしたんだよ。間男がいようがいまいが、逃げたのなら誰がそれを責められるもんかってね。

――酒乱の亭主や意地の悪い姑とこれからも暮らしていくことを考えれば、逃げちまったほうがずっといいさ。

おかみさん連中がそう口をそろえるほど、トメ屋でのおりくの立場は酷いものだったのだろう。

――だけどまさか、バケモノに喰われちまったってんだから。最初はそんな話、信じちゃいなかったけど、今度のことがあるからね。おりくさんは、浮かばれないよねえ。

――正坊も可哀想に。

定吉の生き死にについては誰も言及しないあたり、少なくともトメ屋の周辺の住人たちは、彼が喰われたというのは根も葉もない噂だとすでにわかっているようだ。あるいは、お七が触れて回ったことかもしれない。

「なんだ、思ったよりちゃんと調べているじゃないですか。他人の家の内情なんて、普通は一見の相手にべらべらとしゃべるようなことでもないでしょうに、どんな手を使って聞き出したんです？」

「トメ屋のバケモノ話を読み物にするんで、知ってることをちょいと聞かせてくんな……と、まあ読売のふりで聞き込んだのさ。なに、その程度の騙りで誰に迷惑がかかるわけでなし」

ほう、と瓢仙は感心したような声を出した。

「あなたは、怪談はあくまで本物の話じゃなきゃいけないなんて妙にこだわりがあるくせに、そういう嘘は平気でつきますねえ」

「方便だよ、方便」

人間というのは、おのれに火の粉が降りかからないかぎり、知っていることはしゃべりたくてたまらないものなのだ。何か聞き出したければ、こちらへの警戒心を解いて、口を開く理由を与えてやればよい。そうすれば、たいていは酒樽の栓を抜いたように相手のほうから勝手にぺらぺらと話し出す。よほど寡黙な質か後ろ暗い事情を抱えている者でなければ、たとえば気の好い隣近所の住人などはその最たるものだろう。

ついでに、読み物にあんたらの美人絵もつけてやろうかと言えば、おかみさんたちの口もますます滑らかになろうというものだ。もっともお七などはケラケラ笑いながら、

――馬鹿だねえ。このおたふく顔の絵なんてつけたら、売れるものも売れやしないよ。

どんと背中を叩かれて、その時ばかりは銀次も少し気が咎めた。

「ところで、何が腑に落ちないんです？」

ああ、と銀次は表情を引き締めた。

「定吉が生きているなら、結局のところ、バケモノに喰われたのはおりくだけってことだ」

「そうですね」

「なんだって今回は誰も喰われなかったんだろうな。逃げた定吉はともかく、婆さんも息子の正太も無事だったってのが、わからねえ。逆に今回は誰も喰わなかったのなら、バケモノは何のために二度もトメ屋にあらわれたんだ？――そこが解せねえんだよ」

瓢仙は、思案するように切れ長の目をいっそう細めた。

「その女房は、どんなふうに喰われたんです？」

「噂どおりだ。かあちゃんは真っ黒なお化けに頭から一口に丸呑みされたと、正太は言っていたらしい」

「本人に直接、確かめなかったんですか？」

銀次は寸の間、言葉に詰まった。

「子供に母親が死んだ時のことを、あれこれ訊くのもな」

「おや。存外に優しいですね」

「……そんなんじゃねえ。俺はガキの扱いが苦手なんだよ。こっちを警戒するとたちまち貝みてえに口を閉ざしやがるから、頭を撫でてやりゃいいのか、脅しゃいいんだか、ちっともわからねえ」

迷った揚げ句に、途中から六歳の子供相手に大人と変わらぬ物言いをしてしまったくらいだ。

実際に化け物を目にしたのは、今のところ定吉、お勝、正太の三人。そのうち銀次が話を聞き出せるのは、正太だけだ。だからなんとか機嫌を取るなり手なずけるなりして証言を得ようと、当初は銀次もそう考えていたのだ。

だが。

ぽつねんと道端に座り込んでいた正太を見たとたん、その気が萎えた。

——俺も、これくらいの歳だった。

あの鬼に、目の前で母親であろう女を殺されたのは。

——こいつも、重てえ荷物を背負っちまったんだろか。

そんなことを思ったら、しつこく問い質すことはできなかった。それはきっと、瓢仙の言う優しさとは違うだろうと、銀次は思う。

「子供の扱いなら、先生のほうが得手だろうよ。なんたって、もと医者なんだから」

「とんでもない。子供というのは、時に大人よりもよほど手強い相手でしてね」

苦い薬を飲ませるのにどれほど手を焼くことかと、瓢仙はゆるりと首を振った。

「へえ」

「年端のいかない子供とて、大人が考えるよりずっとよく物事を見ているものです」

何を思ってか呟くように言ってから、瓢仙は立ち上がった。

「いいでしょう。この一件、あたしも手伝いますよ」

「へ、ありがてえ」

助かると手を打った銀次だが、瓢仙がそそくさと身支度をして薬箱を持ち上げたのを見て、目を丸くした。

「まさか、今から本所へ行くってんじゃ」

「何を言っているんですかね。バケモノに会いに行くのに、昼間ってこたないでしょう。今からゆるゆると歩いて行けば、石原町に着く頃にはすっかり夜になっていますよ」

なんだよ俺よりよっぽど乗り気らしいじゃねえかとぼやきながら、銀次は急かされるまま、縁側を降りて下駄をつっかけた。

四

大川に差しかかったところで、入相の鐘を聞いた。両国橋から眺める川面は、夕映えの紅に美しく染まっていた。

「誰そ彼と問う、逢魔時」

その日の仕事を終え帰路を辿る人々が早足で行き交う橋の上、緩やかな足取りでするすると人の間を抜けながら、瓢仙が言う。

「あたしは、一日のうちでこの時間が一番好きでしてね」

日が暮れたばかりの西の空はまだ明るい。地上には青い夕闇が広がり、何もかもが淡くぼんやりと溶け合うようなそのいっとき、昼と夜、光と闇、人と人ならざるモノとの境界が曖昧になる。その光景が一日の中で一番美しいと、瓢仙は言う。

「そうかい。俺は何でもはっきり見えたほうがいいけどな」

「これだから若い者は。見えそうで見えないところに、何ともいえない色気があるんじゃないですか」

「何の話だよ、そりゃ」

銀次は首を捻った。

「前々から不思議に思っていたんだが、先生はどうして町中に住んでいるんだい。気楽な隠居暮らしなんだろ。バケモノがそれほど好きなら、もっと人里離れた場所のほうがあちらさんだってよほど顔を出しやすいだろうに」

「そういう場所にいるモノは、もとから人間と係わり合うつもりはないんですよ。相手にその気がないのに、勝手に押しかけちゃ迷惑というものです。あなただって、静かなところでゆっくりと眠りたいって時に、耳元で騒がれるのは嫌でしょう」

瓢仙に真面目くさった顔で言われると、そういうものかという気もしてくる。

「その点、江戸に棲む連中はバケモノであれ亡霊であれ、道具が化けた付喪神であれ、人との縁が切っても切れないモノたちですから。謂わば彼らは、薄壁一枚隔てて暮らしている、長屋の隣人みたいなものです」

人がいるからこそ、怪異が起こる。執着だの情念だの悲嘆だの、人の心がさまざまに揺らいだ時に、それがモノの姿を得て生まれることもあると瓢仙は言う。

「あたしはそういう賑やかで親しみがあって、それでいてたまらなく怖ろしい、明るいものも真っ暗なものもごたまぜの、江戸の町の空気が大好きでしてね」

「まったく先生は変わっているよ」

「あたしに言わせれば、怪異を愛でて愉しむわけでもないのに、お伽屋なぞ名乗って怪談を集めて回っているあなたのほうが、よほど奇天烈ですよ」

何と返すか寸の間迷ってから、銀次は肩をすくめた。

「飯のタネになるなら、何でもいいさ。他の誰もやってねえ商売なら、なおさらいいにきまっている」

そうですかと瓢仙はうなずいた。そうして橋板を踏みながら、気をつけなさいよと笑った。

「あたしらは、今こうして両国橋を渡っているでしょう」

「ああ、それが？」

「橋というのは、あちらとこちらを繋ぐものです。もとから此岸と彼岸の境界にあるものですから、その境目のなくなるこの時刻、足の下を流れるのは三途の川でないともかぎらない」

縁起でもねえと、銀次が顔をしかめた時だった。

対岸から来た商人らしき二人連れとすれ違った。声高に何か言い合っている彼らが、傍らを行き過ぎたとたん、

――今、何かが通った。

ぞわりと、何とも言えぬ悪寒が銀次の背筋を撫でた。

商人たちの背後を追うように、黄昏の色に似た青黒い影が、彼の目の隅をよぎった気がしたのだ。

「振り返るんじゃありませんよ。こちらが気づいたと知れば、今度はあたしらに憑こうとするでしょうから」

瓢仙の言葉に、銀次はすんでのところで首を巡らせるのを思い留まった。

「相変わらず、怪異に慣れているわりに不用心ですねえ。気をつけろと言ったでしょうが。この橋の上には、彼岸からの客人が他にも紛れ込んでいますから、素知らぬ顔で頼みますよ」

「憑かれたらどうなるんだ」

「そりゃあなた、自分で拾ったんだから、責任を持って飼うなり世話をするなり」

「犬猫の子じゃねえっての」

銀次が一人でいる時には見えぬものが、瓢仙と一緒にいるとその存在をはっきりと感じたり、姿形まで目の当たりにしたりということが、これまでにも何度かあった。
そのたびに思うのだ。——瓢仙の目には、この世はどのように映っているのだろうと。
色は。かたちは。音は。声は。銀次の知るものと、それは大きく異なっているのではないかと。

夕闇の色が濃くなった。橋を渡り終える頃には西の空の縁にわずかに光が残るだけで、大川の水面はすでに墨を流したように暗い。

「先にこの辺りで、飯でも食っていきましょうか」

店先の提灯の明かりに誘(いざな)われるように、二人は飯屋の暖簾をくぐった。

「バケモノは出そうかい、先生？」

すでに夜九つ（午前零時）を過ぎて、人々がとうに寝静まった深夜である。路上を照らす辻(つじ)行灯の火が少し離れたところにぽつりと灯っているが、明かりといえばそれくらいのもので、二人の男が身を潜めるように佇む路地には足もとも見えぬ闇がわだかまっていた。

表戸を閉ざしたトメ屋を睨んで、すでに二刻（四時間）近く。銀次が瓢仙にうんざりと問いかけるのも、もう幾度めかだ。

「いえ、まったく気配すらありませんね」

瓢仙のすました返答も変わらない。

考えてみれば、いや考えるまでもなく、噂のバケモノを見に来たところでその日のうちに目の前にあらわれようはずもない。銀次がそう口にすると、瓢仙はさもありなんとうなずいた。

「出向いてすぐにお目にかかれるくらいなら、むしろ興ざめというものです。こういうことは色恋の駆け引きと同じでね、たっぷりと焦らされるほうが想いが募るというか、深まるものなんですよ」

「バケモノ相手に、ぞっとしねえな。怪異と色恋を一緒くたにすんなよ」

待て待て、この先生にとっては同じことかも知れねえ……と、銀次は暗がりでこっそりとため息をついた。手を貸す気になってくれてありがたい、というのを通り越して、想い人を待ちかねるように浮き浮きとした瓢仙の様子にはいささか、いや、かなり気圧（けお）されていた。

――この先生が、あやかしのことじゃ周りに目もくれねえで突っ走るってな、よっく覚えておかねえと。

「今晩のところは、もう引きあげようぜ。いくらなんでも朝までここに突っ立ってるつもりじゃねえだろ」

そばの堀の水面を渡って小さく風が立ち、堀端に生えた柳がさわさわと枝垂れた枝を鳴らした。

「うう、ずんと冷えてきやがった」

銀次が身震いをひとつしたところで、夜風に風鈴の音がまじった。いかにも季節外れのそれは、屋台を担いだ夜蕎麦売りの客寄せの音だ。

「ちょうどいいや。小腹も空いたし、蕎麦でも手繰(たぐ)って帰ろうぜ」

「寒いだの腹が減っただのと、子供じゃあるまいし。あなたには堪(こら)え性というものがないのですかね」

「ほどってもんがあるんだよ。先生こそ、張り切りすぎると老骨に応(こた)えるぜ」

「ええ、まったく。口の悪い若造につきあうのも、骨の折れることです」

仕方がないと、瓢仙はトメ屋の方角に名残惜しげな一瞥をくれて、踵を返した。

「いいでしょう。今夜のところは、ここまでで」

ところが。風鈴を頼りに堀端を歩きだしたところで、いきなり瓢仙は足を止めた。気づかず数歩先へ進んで、銀次は怪訝そうに振り返る。

「どうしたよ」

瓢仙は片手をあげて、彼の問いかけを制した。その視線が、闇の中に何かを追って動く。次いで首を巡らせ、来し方に身体を向けると、トメ屋の近くに立っている一本の柳を凝視した。

――まるで誰かとすれ違い、その相手が柳の木の下で立ち止まったとでもいうように。

しばし考え込むようにしてから、瓢仙はまた何事もなかったように歩き出した。

「行きましょう。ほらほら、急がないと蕎麦屋においていかれますよ」

「おい、先生よ」

すたすたと先を行く背を、慌てて銀次は追いかけた。

「……さっき、何か見えたのかい」

屋台の親父がのんびり煙管をふかしているのを横目に、銀次は丼を手に瓢仙の傍らにしゃがみ込んだ。同じように地面にしゃがんで、瓢仙はすでに蕎麦を啜り込んでいる。

「あなたには見えませんでしたか」

「見えたら訊いてねえ」

「女がいました」

「女？」

「といっても、足だけですが」

銀次は目をまたたかせる。冷めちまいますよと言われて、とりあえず箸を動かした。

「堀端のね、あたしらの行く手のほうから二本の足がほとほとと、まるで闇の中から湧いて出たみたいにあらわれて、横を通り過ぎて行ったんですよ」

「足だけなのに、女だってわかったのか」

「あたしはもと医者ですよ。それくらいの区別がつかなくてどうします。男と女じゃ、肉のつき方がまるで違う」

ほっそりとしながら夜目にもふくらはぎの白さが艶（なま）めかしい女の足が、右、左と一本ずつ交互に動いて、やがて堀端の柳の木の根元で止まったという。

もし全身があれば、木の幹に身を潜めるような按配（あんばい）であったろう。

「幽霊にしても、足だけってのはどういうことだろうな」

そういうこともあるでしょうと言って、瓢仙は丼のつゆを啜った。

「化けて出るったって、生前とまったく同じ姿でいるほうが、存外難しいのかも知れません。幽霊にだってそれぞれの力量とか、コツの呑み込み方みたいなものがあるんじゃないですか」

そうなのだろうかと、銀次は首をかしげそうになった。瓢仙と話をしていると、時々どうも丸め込まれているだけじゃないかという気になる。

「でね、立ち止まった足の爪先が、トメ屋のほうをむいていたんですよ。あの柳の位置からは、ちょうどトメ屋の表口が見えます」

「へえ……。つまりなんだ、足だけの幽霊がさっきの俺たちみてえに、柳の陰からこっそりとトメ屋をうかがっていたってのか」

端から常人には見えないものが、こっそり隠れる必要もねえだろう――と呟いてから、瓢仙の真顔に気づいて、銀次は顔をしかめた。

「おいおい、本当かよ」

「ええ。あれは、トメ屋を見ていたのでしょう」

「したって、幽霊がバケモノ見物でもねえだろうに」

「バケモノではなく、気がかりは自分の息子のことかもしれませんねえ」

瓢仙の言葉に銀次はぎょっとした。思わず蕎麦に噎せかける。

「正太のことか？　……てこたぁ、あんたが見たのはまさか、おりくの……」

おりくの霊か。幼い我が子を案じて、こんな夜に訪れ来たというのか。

「本当に死んじまってたのか」

「疑っていたんですか？」

「いや、正太の言葉を信じなかったわけじゃねえ。六歳のガキが、それこそ嘘でもてめえの母親が死んだなんてそうそう口にするとは思えねえしな。けどよ……」

なぜバケモノに喰われたのがおりくだったのか。そのことばかりが銀次の頭にあったものだから、肝心の「トメ屋の女房が喰われた」つまり死んだことについては、気持ちがどこか置き去りになっていたような気がする。

「まあ、母親の霊が我が子に会いに来ているというのが、話としては一番出来た筋だと思いますけども」

瓢仙は考え込むふうを見せた。

「それならそれで、あなたの言うようにこっそりと隠れて見ているのは解せません。まっすぐ子供のもとへ姿をあらわせばよいでしょうに」

つまりどっちなんだと、銀次は唸った。

「おりくの幽霊なのか、そうじゃねえのか」

「そんなもの、あたしにだってわかりませんよ」

はぐらかして、瓢仙は笑った。

「まだ何もはっきりしないうちから、決めつけるわけにもいかないでしょう。ヘタに思い込みがあると、物事が歪んで見えてしまいますからね」

「先生が言いだしたことじゃねえか」

「あたしは、バケモノにお目にかかることさえできれば、何でもいいんです。でもあなたは、本当のことが知りたいんでしょう？」

まったくのらりくらりと、と銀次はため息をついた。

「俺は事の真相を知りたいんだよ」

「本当のことがいいものばかりとは限りませんがね」

「だからこそだ。――俺は、真実ってやつが世の中で一番怖い話だと思うのさ」

ひねくれていますねと、瓢仙は薄く笑った。

「しかしまあ、あなたが腑に落ちないと言った気持ちもわかりますよ。なんだかこの一件は奇妙だ」

「え……」

「どうしてトメ屋にバケモノがあらわれたのか。この話の肝は、そこです。それさえわかれば、あとのいろいろなこともおのずと見えてくるでしょうよ」

さてそろそろ、と瓢仙は立ち上がった。

銀次は丼を返すついでに、屋台の親父に火をもらって提灯を灯す。その小さな明かりを手に、二人は帰路についた。

五

次に二人が連れ立って石原町に出向いたのは、その翌々日の昼下がりであった。

「おや、あんた」

洗い物でもしていたのか手を拭きながらトメ屋の勝手口から出て来たお七は、銀次を見て驚いた顔をした。

「まだ何か用かい」

「いや、用があるのは俺じゃねえんだ。——お勝さんはどんな按配だえ」

「相変わらず寝込んだままさ。そっちの人は、お医者様のようだけど」

「俺の知り合いで、医者の瓢仙先生だ。お勝さんの話をしたら、こちらに出向いて来たついでに、診てくれるってさ」

「そりゃ、ありがたいけど」

お七は、薬箱を提げた瓢仙に、わかりやすく怪訝な目を向けた。頼みもしないのにやって来て高額な診察代や薬礼を要求するつもりじゃないだろうかと、怪しんだものらしい。世の中にはそういう詐欺まがいの阿漕な医者も少なからずいるから、お七がことさら疑り深いわけではなかった。

瓢仙はにっこりとお七に笑いかけた。

「銀次さんが、先日あなたに話をうかがったお礼がしたいそうです。友人の頼みとあっては、あたしも断れませんのでね。もちろん、お代はいただきませんよ」

その言葉と、彼の品のよい穏やかな風貌に、お七も疑う気が消えたようだ。礼なんていいんだよと言いつつも、二人を勝手口の内に招き入れた。

「そういうことなら、姉さんを診てやってもらえると助かります。何しろバケモノ騒ぎのせいで、近くのお医者様は誰もうちには来てくれないもんでね」

銀次は瓢仙に目配せすると、「正太はいるかい」とお七に訊ねた。

「表で遊んでいなかったかい？　遠くに行かないように言ってあるから、そのあたりにいるはずだよ」

「そうかい。——じゃ、先生、あとは頼んだぜ」

表にとって返した銀次だが、探しても子供の姿はどこにもない。首をかしげていると、瓢仙をお勝のもとへ案内したお七が、勝手口に戻ってきた。

「正太がいねえんだが」

「そんなはずはないよ。黙っていなくなることなんて、今までなかったんだから」

正坊、と自分でも何度も声を張り上げてあたりを見回してから、お七はにわかに慌てた様子で、前掛けを外した。

「すまないけど、中で待っていてもらえるかい。近所の連中に、正坊を見かけていないか訊いてくるよ」

駆け出して行ったお七が戻って来たのは、それから四半刻（三十分）が経ってからだ。

「誰も知らないって言うんだよ。一体、どこへ行っちまったんだろ」

「最後に正太の姿を見たのは、いつだ？」

土間の上がり框に腰かけて待っていた銀次は、おろおろしているお七に訊ねた。

「昼餉を一緒に食べてから、縁側に座っているのは見かけたっけね」

それが一刻ばかり前のことだという。

「普段ならそんなに長く目を離したりはしないんだけど、今日はあんたらが訪ねて来る前に、ちょいと騒ぎがあったものだから」

「騒ぎ？」

それは……と、お七は一度言葉を濁してから、うなずいた。

「まあ、内輪のみっともない話だけど、あんたには今さらだよね。――昼餉の片付けをしていたら、女が訪ねてきてさ。定吉は今、その女のところにいるっていうのさ」

バケモノ騒動以来さっぱり音沙汰がないと思ったら、どうやら定吉には情婦がいて、その女の家に転がり込んだものらしい。

お七は怒りをあらわに顔をしかめた。

「どうせ、そんなこったろうと思っていたけどね。おりくさんがいた頃からの仲だってんだから、呆れたよ」

女はおセキと名乗った。どう見ても堅気とは思えぬ、はすっぱな女だったという。トメ屋から身一つで逃げ出した定吉であったから、当然、金の持ち合わせなどありはしない。となると一切合切の彼の面倒をおセキがみているわけで、彼女としてもそろそろ手もと不如意になってきたので、トメ屋のほうでいくらか用立ててもらいたい——という内容のことを、お七に対して声高にまくしたてたらしい。

「定吉の差し金だろ。自分は家に寄りつきもしないくせに、金がいるから女を寄越したんだ。それで乗りこんでくる女も女だけどね」

「なるほど、ロクでもねえな。で、どうした？」

「きっぱりと断ってやったよ。自分の母親が寝込んだってのに、顔も見せずにどういうつもりだい、金が欲しけりゃ自分で取りに来なってね。定吉にそう伝えろって、言ってやった」

お七に怒鳴りつけられてもおセキはああだこうだとごねていたが、最後は悪態をついて去って行ったという。

「そういえば、そのあたりから正坊の姿を見ていないね」

お七はぽってりした頬に手をあてて、眉をひそめた。まさか、と呟く。

「あの女を追いかけて行ったなんてことは……」

「そりゃつまり、正太は定吉に会いに行ったたってわけか？」

「だけど、そんなことがあるかねえ」

お勝と正太の世話をするようになってから、お七は気づいたことがあった。正太が父親に対して、ほとんど関心を示さないことだ。身を案じるわけでも、不在を寂しがる様子もなかった。

「近所のおかみさんたちに聞いた話じゃ、定吉のほうも普段から正坊のことはほとんどかまってなかったみたいでね。さすがに殴ったり邪険にしたりってことはなかったようだけど」

おりくの時とは違って、店の跡取りなのだからと、たとえ酔っていても正太に手をあげることはお勝が許さなかったらしい。しかしここぞという場で定吉が一人息子を守ろうともせずに逃げたことが、親子の情の薄さを物語っていた。

「正坊は、おりくさんが定吉にひどい扱いを受けているのを、ずっと見ていたわけだろ。

時々、妙に大人びた目をすることがあってさ。あの歳の子供にしちゃ聞きわけがよくて、手のかからない子でね。あたしゃ、それが逆に不憫（ふびん）でねえ」

そういうわけで、父親が恋しくて女について行ったなんてことがあるわけはないと、お七は首を振った。

「女の住まいはどこかわかるか？」

「確か、瓦町（かわらまち）って言っていたかね」

「そうか。じゃ、俺は今から瓦町までひとっ走りして、正太がいねえか見てきてやるよ」

「だけど……」

銀次は上がり框から腰を上げた。

「無駄足かも知れねえが、万が一ってこともある。どのみち姿が見えねえんじゃ、心当たりを探すしかねえだろ」

「だったら、あたしも一緒に行くよ。お医者の先生を連れて来てくれたうえに、正坊のことであんたの手を煩わせたんじゃ申し訳がない」

「そんなこた、気にしなくていい」

身を乗りだしたお七に、銀次は首を振った。

「お七さんはここにいてくれ。正太がひょっこり戻ってくるかも知れねえからな。それに、うちの先生への言伝も頼みてえし」

と、まさにその時、「あたしが何ですか？」と、瓢仙が土間に顔を出した。薬箱を手に持っているところをみると、診察を終えて帰るつもりのようだ。

「お勝さんの腰ですが、あの様子なら心配はいりません。あと何日か安静にしていれば治ります。だが、気鬱のほうはよろしくない。滋養のあるものを食べて、ゆっくり過ごすことです」

瓢仙は懐から小さな紙包みを出すと、お七に手渡した。気分が和らぐ薬なので、煎じて飲ませるようにと言う。お七は何度もうなずいて、礼を述べた。

「それで、何かあったんです？」

「正太の姿が見あたらねえんだ」

首をかしげた瓢仙に、銀次は手短に事の次第を説明した。

「俺はこれから瓦町まで行ってくるが、先生はここで待っていてくれてもかまわねえんだぜ」

「いえいえ、そういうことなら、あたしもお供します」

瓢仙は、お七には見えないように口の端をわずかに歪めた。食えない笑い方だと銀次は思う。この男は何かを面白がっている時に、こういう笑い方をすることがある。

「きっと、あたしが一緒にいたほうがいいですよ」


「正太が瓦町へ向かったのは、間違いありません」

トメ屋をあとにしていくらも経たぬうちに、瓢仙が口を開いた。

「なんで、そんなことがわかるんだ」

小走りにならない程度の速さで歩いていた銀次は、怪訝に彼を見る。

「念が残っているんですよ。残像とでも言いますか、少し前にここを通って行った子供の姿が、影みたいにうっすらと見えますのでね」

何でもないことのように、瓢仙は踏み込んだ路地の先を指差した。目を凝らしたところで銀次に見えるわけのない――とうに通り過ぎて行ったはずの正太の姿が、瓢仙の視線の先にはあるのか。

「あんたには、幽霊やバケモノだけでなく、そんなものまで見えるのかい」

驚くとともに、銀次は合点した。お七からは瓦町の方角だけを聞いて出て来たのに、瓢仙はまるで目印でもあるかのように迷いなく、あちらだこちらだと先に立って進んで行く。馴染みのないはずの土地で、これはどういうことかと銀次は内心で首を捻っていたのだが、なるほど、その残像とやらを追いかけているのだ。

瓢仙はまた、口の端をあげた。

「だから言ったでしょう、あたしがいたほうがいいと」

「ああ。やっぱりすげぇよ、先生は」

瓢仙はなぜか呆れたように、横目で銀次を見た。

「そこまで素直に感心されますとね。たいがいの人間なら、気味が悪いと思うものでしように」

「誰かにそう言われたのかい」

「それが普通です」

へえと唸って、銀次は肩をすくめた。

「他の連中のことは知らねえが、俺は本心から褒めてるんだぜ。……おかげで道に迷わずにすむじゃねえか」

瓢仙は目を細めると、今度は口の端だけではない笑顔になった。

「あなたのそういうところ、好きですよ」

「へ、なんだよ。そっちのほうが気味悪ぃや」

楽しげに笑ってから、瓢仙は真顔になった。

「いつも見えているわけじゃありません。よほど強い想いを持っている人間は、まるで足跡を残すみたいに、感情の揺らぎが気配として残っていることがあるんです。うっかりすると、亡霊や生き霊と見間違えるくらいにね」

見間違えるも何も、そもそもたいていの者には見えねえだろと銀次は思ったが、口にしたのは別の言葉だった。

「正太は何だって、定吉のもとへ行こうとしたんだろうな」

「……実を言うと、あなたと一緒にトメ屋に到着した時にはすでに、あたしにはその子の残像が見えていました。瓦町の方角へ駆け出して行く姿がね。ですから、奇妙だなとは思っていたんです。……何というか、尋常な様子ではなかったので」

銀次は思わず足を止めて、瓢仙を凝視する。同じように立ち止まり、瓢仙はじっと考え込むように手で自分の顎を撫でた。

「ちらりと見えたのですが、ひどく怒っているようでした。何があったのやら、たかだか六つの子供でも、あんな火を噴くような目をするものなんですね」

たどり着いた先は、瓦町の東端にある八軒長屋であった。木戸が見える前から男の怒鳴り声が聞こえてきて、銀次は瓢仙と顔を見合わせた。

「どろぼう！　とうちゃんはどろぼうだ！」

怒鳴り声に重なって、子供の甲高い声が響いた。

通りすがりをよそおって二人が長屋に近づくと、木戸の前で対峙（たいじ）する大小の人影があった。

「探す手間が省けましたね」

瓢仙が言うとおり、小さい人影は正太だった。地面に足を踏ん張り、細い肩を精一杯怒らせて相手の男を睨みつけている。

「あいつが定吉か」

銀次は男を見つめた。正太がとうちゃんと言っているのだから、間違いない。体躯も顔立ちもこれといって目立つところのない男だが、お七から話をいろいろと聞いているせいで、陰湿な小心者という印象しかなかった。

昼間のこんな時間からもう酒を飲んでいるのか、定吉は足もとも覚束ない様子だ。襟元はだらしなくはだけ、子供を見下ろす目は赤く血走っていた。

「かあちゃんのだぞ！　返せよ！」

正太の金切り声に、定吉は「うるせえっ」と凄んだ。

「前っから可愛げがねえと思っていたが、父親を盗人（ぬすっと）呼ばわりしやがって、とんでもねえガキだ。おりくの物をどうしようが、俺の勝手だろうが」

この騒ぎに、通行人たちが足を止めて、何事かと遠巻きにした。長屋の戸口からも、幾つもの顔がのぞいている。銀次は素早くそちらに目を走らせたが、おセキという女がそこにまじっているかどうかはわからなかった。

「おまえなぞ、お呼びじゃねえんだよ。とっとと帰（け）えれ」

酔いのせいか野次馬の視線を気にもとめず、定吉は歯を剝き出して吐き捨てた。

「だって、かあちゃんの――」

「おりくが何だってんだ。端から俺は、おりくを女房にするのは気が進まなかったんだ。あんな辛気くさい女、いなくなってせいせいしたぜ」

あまりの言いように、正太は両の拳を握りしめた。泣きだすのを堪えるように、歯を食いしばってから、叫んだ。

「とうちゃんなんか、バケモノに喰われちまえ！」

「なんだとぉ！」

定吉は腕を伸ばして、正太の胸ぐらを摑んだ。小さな子供の身体を乱暴に吊り上げる。正太の足が、ばたばたと宙を蹴った。

野次馬たちの間から、「おいおい」「子供相手にやめとけよ」と声が漏れた。

「あの野郎」

銀次が前に踏みだそうとした時、傍らの瓢仙が「なるほど、そういうことでしたか」とひっそりと呟いた。が、どういう意味かと訊ねている暇はない。片手で正太を摑んだまま、定吉はもう一方の手を振り上げる。くそと唸って、銀次は野次馬の中から飛び出した。

正太を張り飛ばそうとしていた手を背後から摑まれて、定吉はぎょっとしたらしい。さらに腕を捻りあげられて、悲鳴をあげた。放りだされて尻から地面に落ちた正太は、痛そうに顔をしかめてから、銀次を見てあっと目を見開いた。

「よせよ。みっともねえ」

「なんだ、てめえは!?」

驚きと腹立ちで一気に酔いが回ったのか、銀次から腕を取り戻そうともがく定吉の足が、ふらついた。それでも虚勢を張ってか、

「こいつは俺の息子だ。他人にあれこれ口だしされる筋合いはねえや」

酒臭い息に顔をしかめながら、「へえ、そうかい」と銀次は冷ややかに応じた。

「父親か。そいつは悪いことをしたな」

定吉の腕を放してやる。そうして拳を固めると、ぽかんとしている男の横面に容赦なく叩き込んだ。

がつんと音がして、定吉の身体が地面に吹っ飛んだ。そのまま起き上がってこないところを見ると、気を失ったようだ。

「てめえみたいなのが親じゃ、息子が可哀想だぜ。胸くそ悪ぃ」

だらしなく伸びている定吉をひと睨みして振り返ると、瓢仙が子供の手を取って立たせてやったところだった。痛いところはないですかと訊かれて、正太はおずおずとうなずいている。

野次馬たちは、見物は終わったとばかりに散っていった。長屋の戸口からのぞいていた顔も、いつの間にか引っ込んでいた。介抱してやろうという者が誰もいないあたり、定吉はここでも煙たがられているのかも知れない。面倒事に巻き込まれたくないのか、おセキらしき女は、結局、姿を見せなかった。

「おじさん、前にうちに来た人だね」

目の前の銀次を見上げて、正太は首をかしげた。

「覚えてたか。こっちは医者の瓢仙先生だ。今日はおまえの婆ちゃんの具合をこの人に診てもらうためにトメ屋へ行ったんだが、おまえがいねえから探しに来たんだ」

「おいらを追いかけて来たの？」

「まあ、そういうこった」

追っかけていたのが本人の気配だか影みたいなものだとは、わざわざ言う必要もなかろう。

「帰ろう。お七さんが心配していたぞ」

うん、と正太はしょんぼりと項垂（うなだ）れる。ひっくり返ったままの定吉に未練がましい視線を向けてから、銀次と瓢仙の後ろをとぼとぼと歩きだした。

「――定吉さんに会いたかったんですか？」

道すがら瓢仙がそう訊ねると、正太はそれまで地面を睨んでいた目をあげてきっぱりと首を振った。

「違いますか。じゃあ、もっと大事なことがあったんですね」

猫が昼寝をするような顔で、瓢仙は優しく言う。なるほど治療で子供に苦い薬を飲ませる時には、こんな声音だったのだろうと銀次は思った。

「そういやおまえ、泥棒って言ってたよな。何があった？」

正太はひどく怒っているようだと、瓢仙は言った。人の強い想いが残像のように瓢仙の目に映るというのなら、正太が残していたのは「火を噴くような」その怒りの感情であったに違いない。さっきの親子のやり取りを見れば、銀次にだってそれはわかる。

正太はしばらく黙り(だんま)でいてから、ぼそりと小さく口を開いた。

「……かあちゃんの帯」

「帯？」

「あの女の人、かあちゃんの帯をしてた」

銀次は小さく息を詰めて、瓢仙と顔を見合わせた。

「かあちゃんが大事にしていた帯なんだ。かあちゃんの着物は婆ちゃんがみんな売っちやって、でもおいら、あの帯だけは売らないでってお願いしたんだ」

堪えきれなくなったのか、正太はぽろぽろと涙をこぼした。

母親の持ち物で唯一残った帯は、箪笥(たんす)にしまってあったという。ところがいつの間にか、それがなくなっていた。

「とうちゃんに訊いても、そんなもの知らないって……それなのに……」

大方を察して、銀次は思わず舌打ちしそうになった。

――そいつはこの子にとっちゃ、母親の形見の品だ。定吉の野郎はそれを取り上げて、てめえの情婦にくれてやったってのか。

おセキがそのことを知っていたかはともかく、正太は家に押しかけてきた女を見て、父親が帯を持ち出したことに気づいたのだ。

「それでおまえは、おセキのあとを追いかけて帯を取り返そうとしたんだな」

正太はぐすぐすと洟(はな)を啜りながら、うんとうなずいた。

かあちゃんのだから返せと叫んでいた正太の姿を思い出し、銀次は「畜生」と苦々しく唸った。

「おまえさんは、よく頑張った。えらいですよ」

瓢仙は足を止めて懐紙を取り出すと、身を屈めて正太の顔を拭ってやった。

「相手が大人でも、それが自分の父親であっても、悪事には腹を立てなきゃいけません。おまえさんが怒ったのは当たり前で、人としてまっとうなことです。――でもね、おまえさんはもう、あの男のことはうっちゃっておきなさい。大丈夫、世の中には因果応報という言葉がありますから」

「インガオウホウ？」と正太は首をかしげた。

「善い行いも悪い行いも、必ず自分に返ってくるということです」

瓢仙はにっこりと子供に笑いかけた。

「おまえさんの父親は、このままじゃすまない。必ず痛い目をみて、自分のしたことを心底、後悔する羽目になりますよ」

二人に連れられて戻ってきた正太を見て、「よかった、よかった」と胸を撫でおろした様子のお七だったが、正太が定吉のもとへ向かった理由を聞くと顔色を変えた。

「どうも見覚えがあると思ったんだよ。その帯は確か、おりくさんがここに嫁ぐ時に、実家の親御さんや奉公に出ている兄弟たちが、せめてものお祝いとしておりくさんに渡した物だったはずだよ」

姉とは疎遠にしていても、人の好いお七はトメ屋の嫁であるおりくのことは何かと気にかけていたらしい。人伝てにおりくの苦労を聞いて、お勝の目を盗んで時々こっそりと様子を見に来ていたという。おりくのほうも、唯一、親身になってくれるお七に大切な帯の話をするくらいには、打ち解けていたのだろう。

「そりゃ、高価な品とはいかないさ。だけど、家が貧しくて何の支度もしてやれないからって、兄さんたちがなけなしの金を掻き集めて古着屋を回って買ってくれたって、おりくさんは嬉しそうに言っていたんだ」

それをあんな女にやっちまうだなんてと、お七は顔を真っ赤にして怒っている。

「定吉め、ロクデナシどころか人でなしの所業じゃないか。あたしゃ、本当に情けないよ」

土間の上がり框にしょんぼりと腰を下ろしている正太に向かって、「大丈夫だよ」とお七は自分の胸を叩いてみせた。

「明日にでもあたしがあの女のところへ行って、おりくさんの帯を取り返してやるからね。まかせときな」

それじゃ俺たちはこれで、と銀次と瓢仙は外に出た。見送りに出たお七に、

「二、三日したらまたお勝さんの具合を診に来ますよ」

瓢仙はうなずいてみせる。ありがたいとお七は拝む仕草をして、

「姉さんばかりか、正太のことでもすっかり世話になっちまって。なんて礼を言っていいかわからないよ。世の中には、あんた方みたいに他人のためにこれほど親身になってくれる人がいるんだね。本当にありがたいねえ」

振り返ると、お七は二人に向かって何度も頭を下げていた。

トメ屋が見えなくなったところで、銀次は小さく息をついて足を止めた。

「それで？　婆さんは何か言っていたかい、先生」

この日、瓢仙が診察を口実にトメ屋を訪れたのは、バケモノを目撃したはずのお勝から直にその時の状況を聞き出すためであった。こればかりは、トメ屋に上がり込んで寝込んでいるお勝本人に会わなければどうにもならない。

目的が目的なだけに、お七にあれほど感謝されると銀次は尻のあたりがむず痒くて仕

方がなかったが、一応瓢仙がちゃんと診察して薬も渡したということで、とんとんにしてもらうしかない。

「あたしが医者だというので、多少は安心したんでしょうね。とりとめのないことを、いろいろと聞かされましたよ。人というのは心にぴんと糸が張っているうちは元気なものですが、それがひとたび切れると脆いものです。あの人はバケモノがよほど怖かったんでしょう。そのせいで心の糸がぷっつりいって、呆けちまったんです」

話すには話すが、小声でぶつぶつと愚痴や泣き言めいたことを漏らすばかり。覚えていないのか思い出したくないのか、バケモノがあらわれた時のことを瓢仙が訊ねても、お勝はろくに受け答えをしなかったという。

「なんだよ、それじゃ、たいしたことはわからなかったわけか」

銀次が落胆すると、瓢仙はいえいえと首を振った。

「それなりに得るものはありました。しかしこんな道端で立ち話もなんですから、どこかで飯でも食いませんか」

気づけば陽射しはだいぶ傾いている。お勝の診察を終えたらすぐに引き揚げるつもりが、正太の件で思わぬ時間を食った。

「今から店に入ったら、大川を渡って家に帰り着くのは夜になっちまうぜ」

「かまいませんよ。帰るつもりはありませんから」

へ、と聞き返した銀次に、瓢仙は例によって口の端を歪めるように笑ってみせた。

「あたしはね、今晩こそはバケモノにお目にかかることができるような気がするんです」

「なんでえ、そりゃ。どういう――」

銀次は来た道を振り返った。

「トメ屋にまたバケモノが出るってのか？」

出るというなら三度目だ。それが今晩と、どうして断言できるのか。怪訝に眉を寄せた銀次を見て、瓢仙はふふと笑った。

「出るのはトメ屋ではなく、瓦町です。定吉のところですよ」

銀次はとっくりと瓢仙を見つめてから、鬢（びん）のあたりを指で掻いた。

「何を隠してるんだよ、先生？」

「さあ、何のことでしょう」

「とぼけるなって。――そういや、正太が定吉に殴られそうになった時に、妙なことを言ってたよな。ありゃどういう意味だ？」

——なるほど、そういうことでしたか、と。

「聞こえていましたか」

瓢仙はあくまで、すました顔である。

「実を言うとあの時、あたしはこのバケモノ騒ぎの真相がすっかりわかっちまったんですよ。あなたが腑に落ちないと言っていたことも、全部」

え、と銀次は目をむいた。

「わかったって……。バケモノがトメ屋を襲った理由がか？」

身を乗りだした彼を、まあまあといなして、瓢仙は歩き始めた。

「腰を落ち着けて、のんびりと夜を待ちましょうよ。そうだ、鰻(うなぎ)を食いに行くのはどうです？　もちろん江戸前で」

「おい、先生よ」

「あなた、誰かその辺の人をつかまえて、この辺りに美味い蒲焼きの店がないか訊いてきてください」

「……わりと人使いが荒いよな、あんた」

「あなたに言われたくはありませんがね」

瓢仙は片手に提げた薬箱をひょいと持ち上げてみせて、今度は子供のような顔で笑った。

六

すでに四つ（午後十時）を過ぎた刻限である。

住人が寝静まった長屋で突如、騒ぎが起こった。魂消るような女の悲鳴につづいて、裏店の一室からがたがたと物が転がり倒れる音が響いた。戸口の腰高障子（こしだかしょうじ）を乱暴に押し倒し、男が中から転がり出る。そのまま地面に這いつくばり、まるで何かから逃げようとするかのように、あわあわと両腕を振り回した。

長屋の住人たちが何事かと寝ぼけ眼をこすりながら路地に顔を出した時には、男はわけのわからないことを叫びながら、こけつまろびつ表へと駆け出していた。

「定吉のやつだ」

そこは瓦町の表通り、天水桶の陰から長屋をうかがっていた銀次が、呆れたように唸った。

「長屋の木戸を蹴破りやがった。火事場の馬鹿力ってやつかね」

「よほど怖いんでしょうよ。襲われるのが二度目ともなれば、なおさらね」

暗がりに、瓢仙の押し殺した笑い声が滲む。

「先生の言ったとおりだな」

「あなたにも、見えますか」

「ああ」

たまさか、定吉は銀次らのほうへ向かって来た。暗がりにいる二人には気づかず、その目の前を必死の形相で駆け抜けて行った。何度も振り返っては、そのたびに「うっ」だの「ひい」だのと悲鳴をあげる。

無理もない。定吉の背後には、大の男の倍近くも丈があろうかという真っ黒なバケモノが音もなくせまっていた。

夜の闇よりなお黒く、それでいて輪郭だけが微光を放つかのごとく、不思議にくっきりとしている。達磨に短い手足をつけ足したかのような不恰好な姿、赤く爛れた目をかっと見開き、大きく開いた口からぞろりと歯がのぞくさまは、正太が地面に描きつけた拙い絵そのままであった。

ああ「なるほど」と、銀次は思う。まったく、「そういうことか」だ。

どうでえ、あのバケモノの面は、酔っぱらった定吉の醜い顔そっくりじゃねえか。酒のせいで赤く充血した目、相手を罵り嘲るために歯を剝き出しにして開いた大きな口。

なるほど、そうか。正太にはもうずっと、てめえの父親の顔がバケモノに見えていたのだな。

——定吉が正太を殴ろうとした時に、あの子の後ろに薄ボンヤリと、バケモノの姿が浮かび上がったんですよ。ええ、あの場の誰も気づいてはいなかったでしょうけど。

瓢仙がそう言ったのは、両国橋近くで見つけた鰻屋に入って、二人で夜になるのを待っていた時だった。

——それは定吉の顔をしていました。それでわかったんです。

——あのバケモノは、あの子の心が生み出したものだったんですよ。

人がいるからこそ怪異が起こると、瓢仙は以前に言っていた。人の心が揺らいだ時に、それがモノの姿を得て生まれることもあるのだと。

幼いながらも正太の中には、母親を虐げていた父親や祖母への怒りも恨みもあったのだろう。そこに、母親がいなくなった寂しさ、悲しさが加わったことで、子供の心に歪みが生まれ、黒く醜く育ってバケモノとなった。

——子供の感情は純粋です。混じりけがないからこそ、強い。幼い子が母を慕う想いの一途さを、大人の身になればいつしか忘れてしまう。消えることはなくとも、親の情をありがたいと日々思っていたとしても、歳を重ねていけばそれがおのれのすべてでなくなってしまいますからね。

正太は、あのバケモノが自分の内から生まれ出たものだとは知らない。知らないから、自分でもバケモノが怖くて怯えている。むろん、自在に操ることができるわけはない。そこは間違いなかろうと銀次は思う。定吉に向かって「とうちゃんなんか、バケモノに喰われちまえ」と叫んだのは、ただただ定吉の仕打ちが憎くて、怒りにかられてのことだったはずだ。

——そこが重要なんです。あの子が口に出してそう言ったということが。

鰻を食いながら、瓢仙は言ったものだ。

正太の言葉が、バケモノに姿をあらわす理由を与えたのだと。

——ですからきっと今晩、そうでなくても早晩、定吉を見張っていればバケモノを見ることができるはずです。

瓢仙のその見立ては、正しかった。

逃げる定吉と、それを追うバケモノの姿は、すでに表通りの先の闇に呑まれて消えていた。長屋のほうから人々の騒ぐ声と、おセキと思われる女が何かまくしたてている金切り声が聞こえる。

銀次と瓢仙は、天水桶の陰からそっと離れて、歩き出した。

「あのバケモノに捕まったら、定吉は喰われちまうのかね」

銀次が言うと、どうでしょうねと瓢仙は首をかしげた。

「さすがに父親が死ぬことを本気で願っているわけではないでしょうから。六歳の子供がそこまで歪んでしまったとは思いたくありません。あの子には、この先は怒りだの憎しみだのに囚われず、まっとうに生きて欲しいものです」

だから、言ったのだ。あの男のことはもう、放っておけと。

「じゃあ、あのバケモノはそのうち消えちまうってことかい」

「バケモノバケモノと言いなさんな。――そうですね、黒達磨（くろだるま）というのはどうです。なかなか乙な名前でしょう」

「見たまんまじゃねえかよ」

なんで名前なんか、と銀次は呆れた。

「せっかくこの世に生まれ出たのだから、名前がないでは気の毒というもの。江戸にまたひとつ怪異が増えて、目出度いことです」

黒達磨、と機嫌よく口ずさむ瓢仙を見て、この人は本気で目出度いと考えているのだろうなと、銀次は苦笑した。

「ひとたびこの世に存在するようになったモノが、そう簡単に消えたりはしませんよ。正太の心から生まれカタチを得て、あの子の怒りの言葉で解き放たれた。そうしてあれは、定吉に憑いたんです。この先どこまでも、定吉を追っていくことでしょうね。たとえ姿を見せずとも、定吉は一生、黒達磨の影に怯えることになる。――そう思えば、あんな男でも憐れなものです」

瓢仙は薄く笑った。

定吉が消えた闇に目を凝らしてから、銀次は彼に目を向けた。

「俺はまだ、わからねえことがある」

瓢仙は鰻屋ですべての見立てを語ったわけではない。バケモノの正体を明らかにしたところで、口を噤んだのだ。食い下がる銀次に、今は駄目だと首を振った。

――バケモノを実際にこの目で見るまでは、何もかもただのあたしの推察でしかありませんから。

ならばもう、訊いてもかまわないだろう。

「黒達磨が正太の心から生まれたモノなら、おりくが喰われるはずがねえ。正太がそんなことを望むわけがねえからな。だが俺は、正太が嘘をついたとも思えねえんだ。正太が――なあ先生、一年前のトメ屋の最初のバケモノ騒ぎは、一体、何だったんだ？」

瓢仙はゆるりと足を止めた。振り返った銀次に、静かに告げた。

「そもそも最初のバケモノ騒ぎなど、なかったんですよ。黒達磨が実際に姿をあらわしたのは、二回だけ。定吉とお勝さんが襲われてバケモノの噂が広まった時と、今夜です。だってね、おりくさんがいなくなった時にはまだ、黒達磨はあのカタチを得てはいなかったはずです。この世に存在していなかったんです」

銀次は啞然とした。

これまでに瓢仙から聞いていた言葉の数々が頭の中でぐるぐると回り、そうして、ふいにぱちりと繋がった。

そうだ。俺は大事なことを見落としていた。祖母と父親に対する怒りや恨み、そして母親を失った悲しみが、正太の心から溢れ出て、黒達磨になった。だったらあのバケモノが生まれたのは、おりくがいなくなった後でなければ、辻褄があわない。

「じゃあ、おりくは……」

「いないものが人を喰うわけがない。おりくさんは、生きています」

え、と銀次は目を見開いた。

おりくが、生きている？

「……先生、そりゃ本当かい⁉」

「おそらくおりくさんは、出奔したんです。当初世間が考えていたように、定吉やお勝さんの仕打ちに耐えかねて、トメ屋から逃げだしたというのが、真実でしょうね」

「ちょっと待ってくれ」銀次は唸った。「だったら、どうして正太は」

「あの子は嘘はついていません。本当にそう思い込んでいるんです。母親はバケモノに喰われてしまった、自分はそれを見たと」

「どうして……」

「原因はお勝さんです」

「え？」

「あの人の言葉はほとんどが愚痴の垂れ流しでしたが、ところどころでこっちの役に立つことも言ってくれました。お勝さんは、おりくさんがトメ屋からいなくなった時に、母親を恋しがって泣く正太に言ったそうです。――おまえの母親は性根が悪いから、バケモノに喰われちまったんだ、もう二度と会えないんだから諦めろとね」

「なんだって」

「この先も未練がましく母親を恋しがるようじゃ困るから、あの子がそれを本当のことだと信じ込むまで何度も言い聞かせたと言っていました」

もともとお勝は日常的に、黒いバケモノの話を持ち出して正太を叱りつけていたらしい。正太がぐずったり聞きわけないと、「言うことをきかないと、真っ黒なバケモノが来ておまえを一口に丸呑みにしちまうよ」と脅した。効果は絶大、それを聞くたび正太は怯えておとなしくなったという。

「酷えな」

銀次は憤ろしく顔をしかめた。

言いつけを守らない子供を躾けるために、お化けや妖怪といった怖いモノの名を借りる大人はいるだろう。だがそれは頑是無い子供らに、してはいけないこと、やらなければならないことの道理を教えるためであって、けして子供を徒に脅して無理に従わせるためではないはずだ。

ましてや、母親を恋しがって泣く子を黙らせるためにやることではない。

「思い込みで記憶が入れ替わってしまうのは、よくあることです。とくに子供は、現実とそうでないものの区別が曖昧ですから。大人に言われて頭に描いた光景を、実際に自分が見たものとして取り違えても不思議はありません」

「けどよ、あんなガキにてめえの母親がバケモノに喰われたと思い込むよう仕向けたってな、いくら何でも非道だろが」

「もちろん、お勝さんのしたことはいただけません」

瓢仙はまた歩き出した。銀次は両の二の腕を手でさすりながら、その隣に並んで歩く。立ち止まっていたために、身体が冷え切っていることに気づいた。

でもね、と瓢仙は低い声でつづけた。

「あたしはもしかしたら正太のほうも、おりくさんがバケモノに喰われたのだと信じたかったんじゃないかと思うんですよ」

「はあ？　なんだってそんな――」

言いかけた銀次を、やんわりと制して、

「ある日突然、母親が自分を残していなくなってしまった。あの子はずいぶんと聡い子です。おりくさんが逃げた理由も、ちゃんとわかっていたことでしょう。それでも、幼い子供にしてみれば自分は母親においていかれた、捨てられたと考えるよりかは、母親がバケモノに喰われたからいなくなってしまったという嘘の記憶に縋るほうが、少しはマシなことだったのかも知れないと……そんな気がするんですよ」

銀次は言葉に詰まる。

お勝に脅されて、正太の中には怖くて黒いバケモノが棲みついた。そのバケモノは、いつしかおりくを殴る定吉と重なった。母親は、父親の顔をしたバケモノに喰われて、自分を残していなくなってしまった――。

そんなものを、幼い子供がずっと心の中に抱えつづけていたのだ。

「可哀想にな」

銀次は呟いた。

時折、大人びた目をする正太が不憫だと、お七は言っていた。まだ手習いにも行かぬ歳の子供でも、理不尽という言葉を覚えるより先にその意味を知ることはあるのだ。

行く手に木戸番小屋の掛け行灯が見える。木戸はとうに閉まっていたが、折よく潜り戸の横に提灯が揺れているのを見て、銀次は足を速めた。番人は瓢仙のなりと薬箱を見ると、詰問することもなく戸を開けて二人を通した。

「もうひとつわかんねえのはさ」

木戸番の提灯が見えなくなったあたりで、銀次はふたたび口を開いた。

「黒達磨が初めて姿をあらわしたのが、お勝と定吉が襲われたそもそもの噂の一件だってのなら、そうなるきっかけは何だったんだろうな」

おりくが姿を消してから一年も経ってバケモノがあらわれたというのは、何か理由があったはずだ。帯が理由で今夜定吉が襲われたのと同様に、正太の心の歪みを決定的にした、何かが。

「それもお勝さんの愚痴でわかりましたよ。――定吉はどうやら、おセキと所帯を持つ気だったようで」

夜気に瓢仙の声がひんやりと滲む。

「その話をお勝さんに切り出したのが、その日の昼間だったそうです」

お勝も、息子に女がいることは薄々気づいていただろうが、その相手をトメ屋の嫁として迎えるとなると話は別だ。おりくの後釜にするなら、従順で文句も言わずによく働く女にしろと、定吉を突っぱねたらしい。

「お勝さんはおセキを見たことがあったんでしょう。不身持ちな女だの、あんな品のない女とひとつ屋根の下で暮らすなど冗談じゃないだのと、悪し様に言っていましたからね。その時もおそらく、定吉と口論になったのではないでしょうか」

「……それを、正太は見ていたのか」

「そうだろうと思います」

おりくのことなどきれいさっぱり忘れたように、次の女房のことで言い争う父親と祖母。そのやり取りを、正太がどんな気持ちで見ていたかは、想像に難くない。

そうしてその夜、黒達磨はトメ屋に出現した。

――ああ怖ろしい、怖ろしい。

瓢仙の前でぶつぶつと繰り返しながら、お勝は何もない宙に向かって許しを請うように両手を摺りあわせていたという。

――あたしが再々バケモノのことを口にしたものだから、本当にあんなものを呼んじまったに違いない。そのうちきっと、あたしもあのバケモノに丸呑みされちまう。

「黒達磨に恐れをなして、お勝さんがああして呆けたみたいになっちまったのは気の毒ですが」

言うほど同情する様子もなく、瓢仙はからりとした声でつづけた。

「これもまた、因果応報というものです」

気がつくと、石原町まで戻っていた。

「先生、そっちは……」

瓢仙の足はトメ屋の方角に向いている。しんと明かりの消えた店の前を通り過ぎ、堀端の柳の下で足を止めた。先日、女の足が佇んでいたという柳である。

何をするのかと銀次が首を捻った視線の先、瓢仙は懐から取りだした紙を細く折り畳んで、垂れ下がる柳の枝の一本に結びつけた。

そう言えば鰻屋を出る前に、瓢仙は薬箱から矢立と帳面を出して何事か書きつけていたのを、銀次は思い出した。

「まさか先生、恋文かい。相手は足だけの女だぜ」

からかうように言ったが、瓢仙は応じなかった。しばしじっと考え込むようにしてから、銀次を振り返った。

「あれは、おりくさんです」

銀次はぽかんとした。まさか、ととっさに声を漏らした。

「おりくが生きているなら、幽霊ってこたねえだろ。それとも、生き霊だとでも」

「どちらでもありません。あれはこの世に未練を持つ亡魂でも、束の間の夢に生者の身からさまよい出た魂でもない。昼間の正太の時と同じ、感情や想いの残像です」

「なんだよ、そりゃ。どうして……」

「そんなものが残るほど、おりくさんは何度もここへ来ていたのでしょう。案外、近くにいるのかも知れませんね」

残してきた息子のことが気がかりで、けれども定吉やお勝に見つかって連れ戻されることを怖れて、皆が寝静まった頃に人目を忍んでここへ来ていたのだろう。何度もトメ屋に向かって踏みだそうとして、女の足はたたらを踏んでいた。正太に一目会いたくとも叶わず、いっとき柳の下に佇んで、帰っていく。その痕跡が足だけの姿となって見えたのだと、瓢仙は言った。

ならばいっそ逃げる時に正太も連れて行けばよかっただろうにと銀次は思ってから、すぐに、そうできなかったおりくの事情に思いを馳せた。

嫁ぎ先から逃げだしたおりくに、身を寄せる先があっただろうか。実家は貧しく、食い扶持が増えれば困るだけ。頼るとしたら奉公に出ているという兄弟だが、彼らとて暮らしに余裕があるわけではなかろう。自身の暮らしの目処さえたたない状況で、幼い子供を一緒に連れて行くなど、土台無理なことだった。トメ屋に残していけば、少なくとも店の跡取りとして正太の生活は保障される。

「大切にしていた帯を持ち出すことさえ忘れて、身一つでトメ屋を飛び出したのでしょう。この一年、どこでどうしていたのか」

呟くように言って、瓢仙は柳から離れた。堀端を歩き出す。銀次もそれにつづいた。

「さっきの紙には、何が書いてあったんだい」

「頼る先が必要なら、湯島横町の瓢仙を訪ねろと。——住む場所と働き口があれば、母子二人が暮らしていくことはできるでしょうからね」

住居と仕事を世話するから正太を迎えに来るよう、トメ屋の現状を簡単に添えて文にしたためたという。

　そうか、と銀次はうなずいた。

　堀の暗い水面に目を落とし、低く言った。

「おりくに、あの文が届けばいいな」

　文を読んで、瓢仙を侍んで、迷わず正太を迎えに来ればいい。

　ええ、と瓢仙もまたうなずく。

「そうですね」

七

「知ってるかい？　今度は瓦町にバケモノが出たんだよ。あんた早く読売にしないと、他のやつらに先を越されちまうよ！」

　三日後、薬を届けるという名目で銀次と瓢仙がトメ屋を訪れると、出て来たお七は、挨拶もそこそこにまくしたてた。

「あたしゃ、帯を取り返しに定吉のところへ行ったのさ。ついでにあのロクデナシを怒鳴りつけてやろうと思ってね。そうしたら――」

行った先の長屋は大騒ぎになっていたという。

「へえ……」

まさか目の当たりにしていたとは言えず、銀次は土間の上がり框に腰かけたまま、お七の話にほうほうと張り子の赤べこのように首を揺らすしかない。

「そこの住人をつかまえて何があったのか訊いたらさ、なんと前の晩におセキの家にバケモノが出たっていうじゃないか。真っ黒なバケモノが、逃げだした定吉を追いかけていくのを、見たってさ」

口と一緒に手も動かして、二人に湯呑みに注いだ白湯を出すと、お七はふんっと胸を反らせた。

「あたしゃピンときたね。ああそりゃこの店にあらわれたバケモノと同じヤツに違いないって。バケモノは、定吉に取り憑いてたのさ。ロクデナシに天罰が下ったんだ」

そこはそのとおりだと、銀次は胸の内でうなずく。

「あたしはお勝さんの様子を見てきますよ」

瓢仙が苦笑して立ち上がったのを見て、お七はようやく口を閉じた。いけないいけないと、ばつが悪い顔をして、

「あらまあ、すみません、あたしばっかりべらべらと。――先生にいただいた薬のおかげで、姉さんも前よりかずっと気分がいいようなんですよ。本人も、あの薬を飲むと気が落ち着くと言っていますんでね。本当にありがとうございます」

　瓢仙がお勝の部屋へ向かうのを横目に、「帯は戻ってきたのかい」と銀次はお七に声をかけた。

　もちろんだと、お七は腰の脇に両手をあてがって笑う。

「そのためにあの女の家に乗り込んだんだからね」

　お七が家に入ると、中はバケモノのせいでしっちゃかめっちゃか、おセキは転がった家財道具の横でへたり込むようにしていた。

「あたしの顔を見たとたんに、定吉ならいない、あんな男がいなくなってこっちはせいせいしているんだって、キーキー喚(わめ)いてさ」

　定吉からもらった帯を返せと言うと、おセキは目を吊り上げて、行李(こうり)から引っぱり出した帯を、お七に投げつけたという。

「験が悪いからとっとと持って帰れってさ。ついでに定吉も返すって言うから、そっちは断っておいたよ」

「女にも見限られたのか」

銀次は笑いを嚙み殺す。

「とっくに愛想は尽きていたって言ってたね。たかる金もないんじゃ、いいとこなんぞひとつもない男だってさ。――ま、最後まで文句を聞いてやる義理はないから、帯を持ってさっさと帰って来たけど」

銀次は飲み干した湯吞みを横に置くと、立ち上がった。

「正太はどうしている?」

「二度と黙っていなくならないように言っておいたから、近くで遊んでいるはずだよ。よければ顔を見せてやっとくれ」

銀次がうなずいたところで、瓢仙が戻って来た。

「早え(はえ)な、先生。もう診察は終わったのかい」

「お勝さんがよく眠っていたので、起こさないほうがいいと思いましてね。脈は正常に打っていますし、顔色もいい。あとは先日も言ったように、本人がゆっくりと養生することです。薬も、ここにある分を飲みきったら、もうなくても大丈夫でしょう」

瓢仙が持ってきた薬の包みを出すと、お七は押し頂くようにして受け取った。

銀次とちらりと視線を交わしてから、瓢仙はあらたまった声で言った。

「ところで、お七さん。あなたに大切な話があります」

あたしにですか、とお七は目を見開く。

「はい。——おりくさんのことで」

俺は外で待ってるぜと声をかけて、銀次は勝手口を出た。


正太は店の裏の道端で、いつぞやと同じように、しゃがみ込んで小石でせっせと地面に何か描いていた。

またバケモノの絵かと思いながら、銀次はそっと小さな背中に近づいて、手もとをのぞき見る。が、地面にあったのは曲がりくねった線やらぐるぐるした渦巻きやら、とくに意味のなさそうなものばかりであった。

「あ、おじさん」

正太は彼に気づいて、顔をあげた。

「お七おばちゃんが、かあちゃんの帯を取り返してくれたんだってな」

よかったなと言うと、子供はうんとうなずいた。

「……正太、あのな」

口を開いたものの、銀次は次の言葉に迷って、黙り込んだ。ここへ来るまでに何をどんなふうに伝えるか、何度も考えて言葉を選んだはずなのに、いざ正太を前にすると、全部すとんと頭から抜けてしまった。

畜生、子供ってのはなんだってこう、真っ直ぐに相手をとらまえるような目でこっちを見るんだろうな。だから苦手なんだ。

「おまえのかあちゃんは、生きている」

結局、伝えることはそれひとつしかない。

正太はぽかんとした。それから意固地に目を尖らせて、「ちゃんちゃらおかしいや」と言った。

「かあちゃんは、お化けに食べられたんだ。おいら、見てたんだ」

「そいつは違う」

銀次は子供の前にしゃがんで、目線を合わせた。

「思い出せ。おまえはかあちゃんがバケモノに喰われるところなぞ、見ちゃいねえ。寝て、朝起きたら、かあちゃんがいなくなっていた。おまえが知っているのは、それだけだ」

　正太は目を見開いた。その肩に手を置いて、銀次は噛んで含めるように、

「いいか。かあちゃんがバケモノに喰われたと言い出したのは、おまえじゃない。おまえの婆ちゃんだ。婆ちゃんが、最初におまえにそう言ったんだ。おまえはそのことを、忘れちまってるんだよ」

　銀次の手に、正太の身体の震えが伝わってくる。

「おいら……でも、おいら……」

　子供がひどく混乱しているのを見てとって、銀次はできるだけ声を優しくした。

「おまえのかあちゃんは、バケモノに喰われてなんかいない。ちゃんと生きている。ただ家を出て、いなくなっただけだ。それでな、生きているってことは、また会えるってことなんだ」

「かあちゃんに会える……」

　正太はぱちぱちと目をまたたかせた。その顔が、ふいにくしゃりと歪んで泣き出しそうになった。

「おいら、かあちゃんに会いたいよ」

ああ、と銀次はうなずいた。

かあちゃんは必ずおまえを迎えに来る――と、言おうとして、思い留まった。

そこまで正太に期待させるのは、酷だ。今は、まだ。

さっき、トメ屋を訪ねる前に、瓢仙とともに堀端の柳を調べた。枝に結びつけた文は、消えていた。おりくが来て、文を手に取ったのか。あるいは、風に解(ほど)けて吹きさらわれてしまったのか。

わからない。おりくが文を読んだのであればいいと、銀次は願うことしかできない。

「かあちゃんはおまえを、捨てていったわけじゃねえぞ。おまえを連れて行きたくとも、連れて行けなかったんだ。けど、きっと今も近くにいて、おまえのことを心配しているはずだ」

正太は息を詰めるようにして、銀次の言葉を聞いている。その目の中に、頑(かたく)なに尖った色はもうなかった。

「おまえももう、いっぱしの男なんだから、かあちゃんがどうにも辛抱堪(たま)らなくなって家を出て行ったってことは、わかるよな」

正太は小さくうなずく。

「だけどな、かあちゃんは今でも、何よりもおまえのことを大事に思っている。それだけは、この先も忘れるんじゃねえぞ」

正太の肩から手を離し、その頭をぐりっと撫でてやって、銀次は立ち上がった。

「じゃあな」

正太が本当の記憶と向きあうのも、銀次の言葉の意味を理解するのも、もう少し時間がかかるかも知れない。そう思いながら踵を返した銀次の背後で、正太が「ふんっ」と生意気に鼻を鳴らした。

「ちゃんちゃらおかしいや」

振り向くと、正太は笑った。無邪気で屈託のない、混じりけなしの笑顔だ。

それは、正太が初めて見せた幼い子供らしい表情であった。


「お七さんにも、おりくさんのことはよく頼んでおきましたから」

トメ屋から出てきた瓢仙とともに、銀次は大川沿いに両国橋に向かっていた。

「おりくが生きていると知って、お七は驚いたろうな」

「そりゃもう、目ン玉が落っこちんばかりに目をひんむいていましたよ」

その時のお七の顔を思い浮かべたか、瓢仙は微笑んだ。

「けど、驚いた以上に、喜んでいました」

最後にはすべて心得て、お七は「まかせてくださいな」と自分の胸を叩いたという。

——もしもおりくさんが姿を見せたら、先生を頼るように伝えりゃいいんですね？　ええ、必ず伝えますとも。もちろん、おりくさんが迎えに来るまでは、あの子のことはあたしがしっかりと面倒をみますから。

お七が正太のそばにいてくれてよかったと、銀次は心底、思った。けして仲の良くなかった姉を、それでも見捨てもせずにしっかりと世話をする、お七のような人間がいたからこそ、正太は本当の意味で歪まずにすんだ。人には情というものがちゃんとあるのだと、彼女は教えてくれていたのだ。

「お七さんには、黒達磨のでどころが正太だということは話していません。その必要はないでしょう」

あの子の心にバケモノが棲むことは、もうないでしょうから。

その言葉にうなずいた銀次だが、だしぬけに「あ、しまった」と大きな声をあげた。

「どうかしましたか」

渋い顔で頭を抱えている彼を見て、瓢仙は首をかしげる。

「いや、今回の話は売り物にならねえや。肝心の黒達磨の正体を表沙汰にしねえとなると」

「ああ、そうですねえ」

なるほどと瓢仙も思案顔になった。

「あなたがそのあたりを適当な作り話で辻褄をあわせることのできる人なら、苦労はないでしょうが」

「そいつは俺の信条に反する」

やれやれと瓢仙は首を振る。

「それこそ読売でばらまくわけでなし、客に怪談を売りつけるだけなら、正太の名前が表に出て広まることはないんじゃないですか」

ところがそうじゃねえんだと、銀次は肩を落とす。

「俺は話を売っちまえば、それで終いだ。その話をどうするかは、買い手が決めるこった。怪談を売った相手が、大勢の前でそれを披露しないともかぎらねえ。噂のバケモノの正体が、実はトメ屋の息子の怒りやら恨みだったなんて話がどっからか漏れて、回り回って本人が知っちまったらどうする。あるいは、おりくやお七や、定吉やお勝の耳に入ったら——」

もしそんなことになれば、正太は世間の好奇の目に晒(さら)されるだろう。身近な者たちからも怖れられ、避けられるようになるかも知れない。もっと悪いのは、正太が自分はバケモノをこの世に生み出すような人間だと思い知ることだ。

おのれの心の底の底には、自分でも知らなかった闇がある。その闇の所在を知ってしまえば、人はまともに生きていくことなどできはしない。

「いいでしょう。今回の話は、あたしが買い取ります。ですから、ありのままの本物の怪談にしてください」

「先生がかい？」

銀次は目を瞠った。

「そりゃ、ありがてえけどよ。いいのかい？　わざわざ買わなくたって、今回の話は先生が自分で結末まで見届けているんだぜ」

むしろ、瓢仙がおのれで解決したようなものだ。

「手間賃と薬代の分、安くしてくださいね」

「それは取るのかよ」

両国橋の東詰に差し掛かった時に、瓢仙がぽつりと言葉を漏らした。

「時々、あなたは怪談の収集には向いてないんじゃないかと思うことがありますよ」

大川に浮かぶ荷船を眺めていた銀次は、歩きながら傍らに首を巡らせた。

「どういう意味だい？」

返事はせず、瓢仙はすっと眼を細めた。表情の読めない顔で、問いかけた。

「あなたはどうして、怪異のそばにいようとするんです？」

銀次はひやりとした。

いつかこの人は、俺っていう人間をすっかり見透かしちまうんじゃねえか。俺がお伽屋をはじめた理由を、この人は暴いちまうかも知れねえ。

そう思うと、怖くなる。

——なのになぜ、惹（ひ）きつけられるのか。

銀次はへらりと笑ってみせた。

「飯のタネだからに決まってるだろ」

両国橋に晩秋の陽射しが明るく降りそそいでいる。逢魔時にはまだ早く、橋を忙（せわ）しなく行き交う人々は、どれも此岸の者の顔をしていた。
銀次はカンと乾いた音で下駄を鳴らして、橋を渡りはじめた。

第三話

ひながた

「よう、先生」

湯島横町の瓢仙の家である。

例によって銀次は裏木戸から庭に抜けると、中に声をかけて縁側に腰を下ろした。

「あなたは暇なんですか」

すぐに反応があって、奥の間からうっそりと家主が姿をあらわした。

「なんだよ、近くまで来たから顔を出したってのに」

「何か楽しそうな怪異の噂か、手土産の茶菓子でも」

「どっちもねえよ。悪かったな」

銀次は縁側に尻を乗せたまま、片手をついて瓢仙のほうに身を乗りだした。

「先生のほうで、何かネタになりそうな話でもねえかと思ってよ」

「無精せずに、商いなんだからそれくらい自分で探しなさいよ」

文句を言いながらも、瓢仙は膝を折って銀次の隣に座った。それを見計らって、女中のタキが茶を運んでくる。銀次が礼を言っても、タキの返事はない。齢七十過ぎの老婆であるから寄る年波で耳が遠い……というわけではなく、たんなる無愛想である。毎度のことなので、銀次もすでに慣れっこだった。

「怠けてねえって。毎日方々を歩き回ってんだが、このところはどうも当たりがなくてね。困ってんだ」

「そういう時だってあるでしょう。日常茶飯事で江戸に怪異が起こっていたら、逆に珍しくもなくなって、金を払ってまであなたの怪談を買う物好きもいなくなりますよ」

その物好きの筆頭みてぇなあんたにゃ言われたくねえや、とそれは胸の内の呟きにとどめて、

「今日は具合でも悪いのかい、先生」

銀次はつくづくと相手の顔を見て、眉を寄せた。

普段は、中身はともかく見た目はいかにも好々爺然としている瓢仙である。切れ長の目がのんびりと微睡む猫を思わせる風貌に、穏やかで品のある物腰。歳のわりに肌の色

つやも良く、痩身であっても身体の隅々までぴんと張っていて貧相ではない。

それが今日はどうしたことか、冴(さ)えない様子だ。顔色が悪いというほどではないが、心持ち肩が下がっていつもの元気がないというか、憂鬱そうというか、どんよりしている。

「医者の不養生は笑えねえぜ。……ああそれとも、ついに質の悪いあやかしにでも憑かれたかい。そういうことなら、ぜひ話を聞かせてくれ」

「何を馬鹿なことを。生憎とあたしは健やかそのものです」

瓢仙は茶を一口飲んでから、ぼそぼそと言葉を継いだ。

「今日はこの後、宗真(そうま)が会いに来るんですよ。この時刻だと、夕餉も食べていくことになるでしょうね」

「へえ、若先生が」

相づちを打ったものの、銀次にしてみればほぼ面識のない相手である。会ったのはこの家に出入りするようになってから一度きり、それも宗真のほうは帰り際だったので、入れ違いだ。一応挨拶はしたが、会釈が返ってきたのみで、声すら聞いていない。

宗真は齢二十六、瓢仙の三男で、小石川で開業医をしているとか。ちらと見たかぎりでは、面差しはあまり瓢仙とは似ていなかった気がする。ひょろりと背が高く、色白で、総髪を後ろでひとつに束ねていた。銀次が思い出せるのは、それくらいだ。

「じゃあ俺は、今日はこれでお暇するよ。親子水入らずのところを邪魔しちゃ悪いからな」

と、銀次が湯呑みを置いて腰を上げたとたん、瓢仙の手が素早く伸びて彼の襟首を摑み、ぐいと後ろに引っぱった。

「わっ」

思いがけず、力が強い。引き戻され、尻餅をつくようにまた縁側に座りなおす恰好になって、銀次は目を丸くする。

「なんだよ、先生」

「あなたも夕餉を一緒にどうです？」

「は？　……いやだから、悪いって。若先生のほうで、先生に何か用事があるんじゃないのかい」

「たいした用事なんてありませんよ。どうせうちから借りた本を返しにくるとか、そのついでに別の本を借りていくとか、そんなものです」

瓢仙は、はあぁと長いため息をついた。

「まったく、来なくてもいいと言っているのに、月に一度か二度は律儀に訪ねて来るんですよ」

なるほど、瓢仙の様子がいつもと違って見えるのは、宗真が原因であるようだ。

銀次は鬢のあたりを指で掻くと、

「もしかして、若先生と仲が悪いのか？」

なんとなく声をひそめて訊いた。

「べつに、そんなことはありませんがね」

「だったら何がいけねえんだよ」

「だって、あの子はつまらないんです」

瓢仙はきっぱりと言った。

「えぇ？」

「一緒にいてもろくすっぽ会話にならないというか、冗談も言わなきゃ、お愛想に笑いもしない。ええ、子供の頃からそういう子でしたよ。他の子のように外に遊びにもいかず、暇さえあれば書物にかじりついていてね。四角四面で妙なところで頑固というか融通がきかないというか、無表情で何を考えているのかよくわからないし、扱いに困ると言いますか、とにかくあの子がうちへ来るたび気詰まりで」

我が子に対して、さんざんな言いようである。常日頃、飄々として人を食ったようなところのある瓢仙にここまで言わせるとはと、銀次はむしろ感心した。

「あぁ、つまりそりゃ、なんだ、……苦手ってことか」

「ええ、苦手なんです」

親と子の関係は、銀次にはよくわからない。それが父親と息子となれば、なおさらだ。銀次自身は、記憶の川の底を笊（ざる）で掬（すく）ったところでカケラも出てこないほど、父親というものと縁がない。

なので、血が繋がっていようが反りのあわないことはあるのだろうとぼんやり思うくらいなものである。

「けどよ、若先生は町医者だろ。そんなんでちゃんと患者を診てるのかい。医者が黙りじゃ、皆、困るだろうに」

「そこは大丈夫でしょう。宗真は患者に対してだけは、親身で熱心ですから」

だけ、の部分に妙に力がこもっている。

「へえ？」

「問題は、患者でなければ人間だろうがあやかしだろうが、まったく関心がないことです」

何気なく相づちを打とうとして、銀次は、えっと目を瞠った。

「若先生も、あやかしが見えるのかよ」

「見えてますよ。そのうえで、素通りです」

息子たちのうち、宗真だけが瓢仙と同じように怪異が見える質なのだという。

ところが、だ。

「いつだったか、亡者が数日、この家に居ついたことがありましてね。野良着を着た老人で、何が楽しいんだかにこにこ笑いながら縁側に座って庭を眺めていて、まあ害もないので放っておいたんですが」

ちょうどそのあたりにいましたと指差され、銀次は座っていた場所から思わず尻をずらした。

「宗真が訪ねて来たので、おまえはあの老人をどう思うかと訊いたんですよ。未練など何もなさそうに見えるけど、なんだってこの世に居残っちまったんだろうねと」

するると宗真は、縁側の老人を一瞥して、

——ああなってはもう、手の施しようはありませんから。

それきり、老人には一切目もくれなかったという。

「そういうところですよ。つまらないったら、ありゃしない」

不満そうな瓢仙に、銀次は苦笑を返すしかない。

「まあ確かに、相手が死んじまってんじゃ医者の出番はねえよな。……で、その爺さんは無事に成仏したのかい？」

「いつの間にかいなくなっていましたから、ちゃんと逝ったんでしょうよ。おそらく冥土へ向かう途中でふらりとうちに立ち寄って、この世の名残に一休みでもしていたってところじゃないですか」

そもそも亡者が自宅の縁側に居ついたと平然と語ること自体、どうかと思うのだが。それとて、瓢仙にとっては日常茶飯事ということか。

瓢仙の宗真に対する「つまらない」という評価は、要するに同好の士になってくれるはずの息子が、怪異に無頓着で自分の相手をしてくれないという意味なのだろう。

親子とも面倒くせえなと思いつつ、

「それでどうして、俺があんたらと一緒に飯を食うって話になるんだ」

銀次はそわそわと腰を浮かせながら、訊いた。

「他人がいれば場が和むというか、気まずさも多少は減るかも知れません」

やなこった、と即座に逃げを決め込んだ彼の腕を、瓢仙はがっちりと摑んだ。

「これまであたしは、あなたのためにいろいろと手助けしてきたと思うんですがね。たまにはこっちの頼みをきいてくれても罰は当たりませんよ」

ぐいと詰め寄られて、銀次はさらに腰を引いた。

「そりゃ、ありがてえとは思ってるが、それとこれとは話が別だ。俺がいたって、どうにもならねえって」

「枯れ木も山の賑わいと言うじゃありませんか」

「なんだよ、そりゃ。……とにかく、俺は若先生のことはほとんど知らねえもの。顔を突きあわせて一緒に飯なんか食ったら、こっちまで気まずくて喉に詰まっちまわ」

「そうなったら、宗真は大喜びであなたの相手をするでしょう」

いやいや、飯が喉に詰まったら、必要なのは医者ではなく寺の坊主だ。

「お断りだ」

あくまで逃げ腰の銀次を見て、仕方がないですねと、瓢仙は深々とため息をついた。まるで駄々っ子を見るような目を銀次に向ける。

「ではこうしましょう。あたしの知っている怪談をひとつ、今からあなたに語って聞かせます。あなたがそれを気に入れば、売り物にしてもかまいません。それで手を打ちませんか」

うっと銀次は唸った。鼻先にぶら下げられた餌に食いつくのは癪だが、瓢仙の怪談にはおおいにそそられる。

「いや……、その話は面白(おもしれ)ぇんだろうな？」

「他ならぬあたし自身が、つい最近に出会った怪異の話ですが」

面白そうだと、つい思ってしまったのを見透かされたらしい。瓢仙は彼の腕から手を放した。

「売り物にならねえ話なら、俺は途中で帰るぜ」

まあ聞くだけは聞いてやらあと、わかりやすくつっぱらかった銀次に、

「なんだか、いつもと立場が逆ですね」瓢仙は、くっくっと笑った。「いいですよ。その代わり、最後まであたしの話を聞いたなら、夕餉につきあってもらいます」

「おう」

気詰まりな飯を一度我慢するのと引き替えに、怪談のネタを手に入れることが出来るなら、そう悪い取引でもなかろうと銀次は考えた。

「じゃあ早速、はじめてくんな」

「――そもそもは、他ならぬ宗真が持ち込んできた話だったんですけどね」

瓢仙は縁側で居住まいを正すと、その時のことを思い返すように寸の間、視線を遠くしてから、話しはじめた。

「若先生が？　怪異にゃ興味がねえんじゃ――」

思わず割り込みかけて、銀次は「おっと」と肩をすくめた。

「話の腰を折っちゃいけねえな。つづけてくれ」

「もちろん、当の本人はまったく関心がなさそうでしたよ。それでも事の発端ではありましたからね」

瓢仙はうなずいて、先をつづけた。

「あれは、ふた月ほど前のことでした」

その日の夕餉も、この上なく静かなものだった。

タキがつくった食事を前にした宗真は、いつものように黙々と箸を動かしているばかり。美味いとも不味(まず)いとも口にしないが、毎回米粒ひとつ残さずたいらげていくのだから、文句はないのだろう。

タキも慣れたもので、とくに彼に声をかけるでもなく、膳を運んできたあとはさっさと台所に引っ込んでしまう。常日頃はタキの愛想のなさを好ましく思っている瓢仙だが、息子が訪れた時ばかりは、長屋の井戸端のおかみさん連中とまではいかなくても世間話のひとつやふたつしてくれないかと、ついため息が出た。

「……このところはどうだい。忙しいのかい」

「いえ。普段と変わりません」

そうだろうねと、瓢仙は思う。いつも同じことを訊いて、同じ言葉が返ってくる。

「おまえもそろそろ妻帯したらどうかね」

「そのつもりはありません」

「女房がいればおまえももう少し、他人とのつきあい方というものがわかると思うんだよ」

「そのようなことに煩わされるくらいなら、医学書を読んでいたほうが有意義です」

本気でそう考えているのだから困りものだと、瓢仙はもそもそと飯を嚙みながら思った。

父親に倣って同じく医師となった長男次男にはすでに妻がいる。二人とも人あたりもよく、会話にもそつがなく、早い話がごくまっとうに世間と交わって暮らしている。この末っ子だけがどうしてこうなったのやら。兄たちと同じように育てたつもりだし、医師になることを無理強いしたことはないのだから、これはもはや本人が生まれ持った気質と考えるしかない。

そういえば、と宗真が口を開いたのは、膳の器をすべて空にして箸を置いた時だった。

「これを渡そうと思いまして」

そう言って懐から取りだしたのは、薬包かと思うほどの小さな紙の包みである。しかし瓢仙が受け取ってみると、粉薬にあらず、包みの中はころりと固い感触があった。

「なんだい、これは」

「招き猫です」

「……招き猫？」

「福を招くという縁起物の猫の置物です」

「そんなことは、わかっているよ」

包み紙を開くと、中からあらわれたのは確かに、指先ほどの小さな小さな木彫りの招き猫だった。

「ほう、これは見事な芥子細工だね」

掌に収まる大きさの家財道具。指先に載るほどの玩具や人形。江戸にはそういった極小の細工物を愛玩する通人が多くいる。細部に至るまで実物と変わらず、あるいは実物よりも精緻に美しく作り上げることが職人の腕の見せ所であり、それらは芥子粒のごとく小さいゆえに芥子細工と呼ばれる。

もともとは度重なるお上の奢侈禁止令に対抗した江戸っ子の、意地と粋が生んだ細工物だ。日用品で贅沢するなと言うなら、うんと小さくして使えない物なら文句はあるまい、というわけである。それが今や、有名な職人の作ともなれば箪笥ひとつとっても本物の十倍もの値がつくと言われているのだから、その収集も立派な道楽なわけで、江戸っ子にとっては小気味よい皮肉であった。

「どうしたんだい。おまえがこういう物に興味を示すとは、珍しいね」

瓢仙は手の上に載せた招き猫を、じっくりと見た。左の前足をちょいと持ち上げた三毛猫だ。どれほど細い筆を使ったものか、赤い前掛けは細かな鹿の子模様、足の先には小さな爪まで描かれている。猫の表情も愛らしく、どこをとっても作り手が精魂こめた作であることがよくわかった。

貰い物です、と宗真は素っ気なく言った。

「私が持っていても無駄なので、差し上げます」

「縁起物の福を無駄だと言うのは、おまえくらいなものだよ」

ありがたく頂戴することにして、瓢仙は招き猫を紙に包みなおし懐に仕舞った。

「これを作ったのは、腕の良い職人のようだね。おまえの患者かい？」

十日ばかり前にうちの診療所に来た男です、と宗真は応じた。

「本職は指物師だと言っておりました。仕事の合間にそういった小さな物を拵えるのが本人の楽しみだとかで、売り物ではないそうです」

豆粒ほどの招き猫をこれほど丹念に仕上げるのだから、本業の道具づくりのほうもさだめし真摯に丁寧な仕事をする職人なのだろうと、瓢仙は思った。

「売り物でないのは惜しいね。他の細工も見てみたいものだ」

「伝通院そばの次郎兵衛長屋に住む、文吉という男です。よければ紹介しましょう。どのみちあの男の病は、私には治すことはできませんので」

ちょうど箸で茄子の糠漬けを摘み上げたところで、瓢仙は手を止めた。

「おまえが患者を放りだすとは、ますます珍しいこともあったものだよ。それほど難しい病なのかい。まさか、代わりにあたしに治療をしろと言うんじゃないだろうね」

「私の見立てでは、文吉は健康そのものでした。少なくとも心身の不調で苦しんでいるわけではなさそうなので、私ではどうしようも。となればうちの患者とは言えませんし、父さんのほうが助けになるでしょう」

「それは、どういうことだい」

宗真は熱のこもらぬ声で、つまらなそうに言った。

「多分、原因はあやかしですから、薬は効きません」

「――宗真がそんな面白い話を持ってくるなぞ、竹の花が咲くくらい滅多にないことですよ。いつだってあの子は、医学書や病気の治療法についての質問以外、とりつく島もないんですから」

「竹の花ってな、百年かそこらにいっぺんくらいしか咲かねえんじゃなかったか」

しかも咲いたら不吉とまで言われていたような。そんなもんに喩えられちまうんじゃ、若先生も気の毒なこった、と銀次は思った。……まあ、瓢仙の話を聞くかぎり、本人はまったく気にしなそうだが。

「で、病気の原因があやかしってのは、どういうわけなんだ？」

「ええ、詳しく聞いてみると、なるほどとあたしも思いましたがね」

宗真の診療所にやって来た文吉は、最初、自分の目がおかしくなったのではないかと案じていたらしい。だが診察したところでは、視界は霞むでもぼやけるでもなくはっきりとしているし、まして痛みがあるわけでもない。目を患った様子はなかった。

宗真がそう告げると、文吉は今度は「だったら、あっしの頭がどうにかなっちまったんでさ」といっそう悄然としたように言ったという。

そこにいるはずのないものが見える、しかも他の誰にも見えないのに自分にだけそれが見える。きっと頭がいかれて、幻が見えるようになってしまったに違いない、と。

「そりゃ、幽霊でも見たんじゃねえの」

とすれば確かに、原因はあやかしだ。

しかし、瓢仙はいえいえと首を振った。

「幽霊を見て、自分の頭がおかしくなったと思う人間は、案外いないんじゃないですか。たいていは、いくら怖くても、とりあえず『あ、幽霊だ』って思うでしょうよ」

たいていの人間は、「あ、幽霊だ」などと思う前に肝を潰しているだろうが、まあ、言われてみればそういうものだという気もした。

幽霊だの亡霊だのという括りに落とし込んでしまえば、たとえ死んだ人間の亡魂だろうとそれはこの世にちゃんと存在していて、目に見えてもおかしくないもの、なのだ。

「じゃあ、その文吉ってヤツは、一体何を見たってんだ」

「人間ですよ。ただし――」

瓢仙は片手の小指を立ててみせた。

「これくらいのね。それこそ芥子細工みたいに小さな人間を見たって言うんです」

「は……？」

銀次は寸の間、瓢仙の指を凝視してから、こめかみのあたりをかしかしと掻いた。

「いくらなんでも、そいつはいかれちまってら。そりゃ、てめえの頭を心配して医者に泣きつきもするだろうよ」

　仕事柄、怪異には慣れている銀次だが、さすがに身の丈二寸足らずの人間というのは突飛すぎる。そんなものが見えるとしたら、幻覚か妄想か、でなきゃ酒の飲み過ぎに違いない。

「その頃、文吉は自分が住んでいる割り長屋のひながた（模型）を作っていましてね。もうほぼ仕上がったって時に、それに気づいたんだそうです」

　瓢仙はすました顔で話をつづけた。

「その小さな小さな長屋に、この指ほどの人間が棲みついていることにね」

え、と唸って、銀次は言葉を失った。

「文吉はけして目の病でも、頭がどうかしたわけでもありません。それはあたしが請け合いますよ。だって」

　すまし顔が崩れた。瓢仙はニッと、楽しそうに口もとをほころばせた。

「あたしも、見たんですから。ええ、その小さな人を、この目で」

　宗真から話を聞いた翌日、瓢仙はさっそく次郎兵衛長屋を訪れた。

『指物屋・文吉』と障子に書かれた戸口の前に立って声をかけると、中からあらわれたのは色黒で実直そうな顔立ちの男だった。年齢は三十と幾つかといったところか。丸っ鼻の横の大きなホクロが愛敬がある。

「あなたが文吉さんですか」

「そうですが、どちらさんで」

瓢仙が名乗って、宗真の父親であることを告げると、文吉は目を剝いた。

「え、宗真先生の……ではお医者様で？」

「もう隠居の身ですがね。息子に是非ともあなたを診てやってくれと頼まれまして」

べつに宗真は是非になどと言っていないが、そこは方便だ。

「そりゃどうも、こんなところまで、わざわざ」

文吉は首にかけていた手拭いを取ると、恐縮しつつ瓢仙を家の中へ迎え入れた。独り身の男の住まいにありがちで、室内は雑然としている。文吉は慌てて道具類を脇によけて、瓢仙が座る場所を空けた。

「仕事の邪魔をしちまいましたか」

いやあ、と文吉は畳の上に散った木くずを片付けながら、頭を搔いた。

「今朝、頼まれていた仕事をやっつけて、お得意様に届けてきたばかりでさ。今日はもう店仕舞いを決め込んで、ちょいと手遊びに好きな細工をしていただけなんで」

「芥子細工ですね。宗真にあなたの作った招き猫を見せてもらいましたが、見事なものでしたよ」

「や、そんな、たいしたもんじゃ」

文吉はいっそう慌てたように、鼻の辺りを指でごしごしとこすった。

「宗真先生が診療代を受け取ってくださらねえんで、それじゃ申し訳ねえってんで、巾着の中にお守り代わりにいれてあったものを渡しちまいましてね。後でよくよく考えたら、逆に迷惑なことをしちまったと後悔していたんでさ。まったく、つい、いつもの癖が出ちまって」

聞けば、自分が作った細工物は、請われれば片っ端から他人にやってしまうらしい。

室内をさりげなく見回して、瓢仙はなるほどと思った。棚や箪笥の上に、文吉が作ったらしい極小の玩具や調度品が幾つか無造作に置かれていたが、たいした数は残っていなかった。

「あなたの細工の出来なら、喜んで金を払う人はいるでしょうに」

「とんでもねえ。あっしが趣味で勝手に作っている物なんで、それを欲しいと言ってくれる人から金をとっちゃ申し訳ねえ。なにより、金をもらって作るとなりゃ、今度は自分の好きなようには作れなくなっちまいます」

欲がないというよりも、この男は作ること自体が好きなのだろう。あれこれ工夫を凝らしながら手を動かし、拵える時間が至福なのだ。だから仕上がった物については無頓着で、それをもったいないと考えるのはあくまで他人の尺でしかない。

「ところで、宗真から聞いたところでは、あなたには他の人には見えないものが見えるのだとか」

「あ、はあ」

文吉はうなじを手で撫でながら、困じたように肩を落とした。その様子からして、まだ見えているようだ。

「宗真先生には、あっしの身体はどっこも悪くねえって言われましたが、それでもやっぱり見えるもんは見えるんで。あっしには、あん人の顔も、着ているものの柄まではっきりと見えるんですよ。けど、誰に言っても信じちゃもらえねえし、もうどうしたらいいんだか」

あん人、という言い方に、おやと瓢仙は思った。まるで普通の人間に対するような物言いだ。

「長屋のひながたに住んでいるという人ですね。あたしもそのひながたを拝見してかまいませんか」

「ええ、そりゃ、もちろん」

文吉は立ち上がって部屋の隅にあった行李に近づいた。蓋を開けて、慎重な手つきで中からひながたを取りだした。

「そこに仕舞っているんですか」

「最初のうちは箪笥の上に置いといたんですが、こないだ野良猫が入り込んで、あやうくこいつをすっ転がされるところだったもんで……」

まだ仕上がってねえうちに壊されちゃたまりませんや、と苦笑しながら、文吉はひながたを瓢仙の前に置いた。

一目見て、瓢仙はほうと感嘆の声をあげた。

「これは、たいしたものだ」

高さ五寸に満たないそれは、割り長屋のひと部屋をそっくり模したものだった。片側は小さく削った木片で本物と同じ板壁にし、反対側の隣部屋との壁にあたる部分は一枚の薄い板で塞いである。古びた長屋の趣を出すために、杉板を葺いた屋根や壁板などの木材は白木に濃い色をつけて汚し、障子紙には黄ばみを入れるという凝りようだ。ひながたを載せた台座には糊で固めた土を敷いて、どぶ板まで配してある。

瓢仙は四方からとっくりと、ひながたを眺めた。寸法もきっちりと測って、実物と同じ縮尺にしてあるのだろう。ちょっと見ただけでは気づかない軒下のような部分まで、きちんと拵えてある。微に入り細に入り作り込んであって、それこそうんと身体を縮めれば、ここに住むことだってできそうだ。

「戸や障子は、こうして開け閉てできるようにしてあります」

文吉は指先で、入り口の腰高障子や裏庭の障子をするすると開けたり閉めたりしてみせた。

「それと、こっちの板を外すと、中を見ることができますんで」

長屋の片側の薄い板を上に引き抜くと、中の四畳半と土間があらわれた。これまた小さな道具や家具が置かれている。土間には竈や流し、棚には爪の先ほどの器が並び、部屋には芥子細工の箪笥や行灯、しっくいの壁には小さな破れ目まであるという細かさだ。これを本職の片手間に作ったというのだから、いっそう驚きである。

「ひながたも素晴らしいですが、家の中まで本物そっくりに作ってあるとは。この道具の細かさといったら。いや、感服しましたよ」

おのれの腕を褒められて喜ばない職人はいない。文吉は嬉しそうに丸い鼻をふくらませた。

「これでまだ完成していないんですか」

「家の中のもんが、まだまだ足りてねえんですよ。今は枕屏風(びょうぶ)を作ってるところでさ。神棚もまだねえし、外側ももうちょっと手を入れてぇんで」

玩具を見せびらかす子供のように楽しげな文吉の表情が、しかし次の瓢仙の一言で、はっと曇った。

「それで、あなたには今も、ここにいる人が見えているんでしょうか」

「いえ、今はいねえです。あん人は、いつもいるってわけじゃねえようで……」

自分で言って言い訳じみていると思ったのか、文吉の色黒の顔がうっすらと赤くなった。そそくさと、他人の目から家の中を隠すように、引き抜いた板をまた嵌(は)め込んだ。

「その人が見えるようになったのは、いつからです？」

瓢仙が問えば、宗真の診療所を訪れる三日前だという。

「家の中をだいたい仕上げて、そん時は作ったばかりの行灯を置こうとして板を取っ払ったら、あん人が部屋の真ん中あたりにちょこんと座っていたんです」

仰天したという。当然である。なんども自分の目をこすって、それから長屋を飛びだしてしばらくあたりを歩き回った。それで気を落ち着かせて、おそるおそるもう一度ひながたをのぞいたら、その人はまだいた。

「三日間ずっとそんな調子で、ついにあっしは、何かの患いでなきゃてめえの気がふれちまったに違いねえと思いました。それで診療所へ行ったんでさ。宗真先生は、うちの長屋のあたりでも熱心で親身に治療してくれると評判のお医者様なんで」

宗真のその熱心さは相手が患者である場合に限られるので、こうして瓢仙にお鉢が回ってきたわけだ。

「一日のうちでその人をよく見かけるのは、いつ頃ですかね。朝とか昼とか、夜とか」

「そいつはよくわからねえです」と、文吉は肩をすぼませた。「ひょいと見たらいるってことが多くて。……それにあっしは、あん人の姿が見えるようになってから、仕上げた道具を置く時以外には、いつもはなるたけ中をのぞかねえようにしているもんで」

「それはまた、どうしてです」

いるはずのないものを見るのが怖ろしいからかと思ったが、文吉は言いにくそうに口ごもった。

「女の人なもんで」

「はあ、なるほど」

瓢仙はうなずいた。と、同時に、あん人、と言う文吉の口ぶりにほのかに親しみがこめられていることに気づいた。

「あんまりじろじろ見られちゃ、あん人も嫌だろうと思いましてね。あっしのほうも、女の独り暮らしの家の中をのぞいてるみてぇで、気が咎めちまって」

瓢仙は口もとを緩めた。なんとも律儀な男だと微笑したのだが、文吉は呆れられたと思ったか、

「あん人はどうやら、こっちのことはまるっきり見えてねえみたいなんですが、それでもねえ……」

と、もごもごと言いながらいっそう肩を落とした。

「あなたは、その人のことは怖くはないんですか」

文吉は首を振った。

「そりゃ、最初は怖かったですよ。けどよく考えてみりゃ、あん人はべつに悪さをするわけじゃねえ。だったら怖いのは、自分が作ったひながたに女が住みついているなんて思い込んでる、てめえの頭のほうでさ」

「思い込みとは限りませんけどね」

「や、でも……」

「あなたはどこも悪くありません。宗真もそう言っていたでしょう。身体は至って健やか。頭のほうも、これ以上ないくらいまともです。ええ、間違いなく」

文吉はぽかんとした。それから、へどもどと、

「で、でもまだ、何も診てもらっちゃいませんが……」

「診なくたってわかりますよ、それくらい」

「じゃあ、あの……」文吉はごくりと喉を鳴らして、「先生は、あっしの言うことを信じてくださるんで？」

「もちろんです。世の中にはね、そういうことだってあるんです。大きな岩や年経た樹木に神様が宿るように、人を象った人形に魂が入り込むように、実物そっくりのひながたに何かが棲みつくことだってあるでしょうよ」

文吉は安心したような、却って畏れを抱いたような、複雑な表情を見せた。

「じゃあ、あん人は――」

「あやかし、です」

「化け物ってことですかい!?」

「この世の不思議はおしなべて、あやかしです。あなたが見たのなら、その人はいるんです。それでいいじゃないですか」

軽やかに瓢仙が言い放つと、文吉はようやく、安堵の息をついた。

「先生にゃ打ち明けますが、本当のことを言うとあっしは、いつの間にかあん人を見かけるのが楽しくなっていたんでさ。おかしなことに、なんだか一緒に暮らしているみてえな心持ちがしてね。これまで独りで生きてきて、好きなものを拵えてりゃ満足だったのに、最近じゃ、あん人の姿が見えねえと、胸ん中が隙間風が吹いているみてえにすうすうしやがるんです。けど、ふと気づいて全部あっしの思い込みか幻覚なんじゃねえかって考えると、今度は足もとがぐらぐら揺れてるみてえで怖かった。……先生の言葉で、ずんと気が楽になりました」

ありがとうございます、と文吉は頭を下げた。

その時である。

二人の目の前にあるひながたの腰高障子がからりと開いて、中から豆粒のような白い女の顔がのぞいた。

あ、と同時に声をあげてから、瓢仙と文吉は互いに顔を見合わせた。

「せ、先生にも、見えていなさるんで……？」

文吉が掠(かす)れた声で訊く。はいとうなずき、瓢仙は長屋の軒に額がくっつきそうなほど、ひながたに顔を寄せた。下駄をつっかけて戸口から姿をあらわした女に、目を凝らした。

女の身の丈は瓢仙の小指ほど。その大きさ以外は、紛れもなく人間の女である。生きている。動いている。どれほど精巧な芥子細工であろうと、この生き生きとした表情や仕草を写し取ることはできまい。

「ほら、ごらんなさい。この人はいますよ。ちゃんと、いるんですよ」

感じ入った瓢仙の言葉に、文吉もこくこくと首をうなずかせる。

女は、歳の頃は二十四、五といったところか。縞(しま)の着物にきりりと襷(たすき)を掛け、麻の葉模様の藍の前掛けをつけている。町人だが長屋のおかみさんという感じではない。どこかの店先か料理屋のお運びでもして、客を相手にしゃきしゃきと立ち働いていそうだ。

「なかなかの器量良しじゃありませんか」

「そうなんでさ」

文吉はまるで自分が褒められたように口もとを綻ばせた。が、すぐに眉のあたりを曇らせると、

「だけど、この数日はずっとこんな様子で」

そう言われて、あらためてよく見ると、なるほど女は戸口の前をうろうろと行ったり来たり、考え込むように片手を頰にあてて首をしきりにかしげている。

「どうも、何か困ってるみてえなんです。できるもんなら手助けしてやりてえと思うけど、理由がわからねえんで」

文吉が先に言ったとおり、女にはこちらは見えていないようだ。声も聞こえてはいないだろう。

「ところで、この人には触れることはできるんですかね」

瓢仙がふと思いついて言うと、文吉はかぶりを振った。

「あっしも前に、そいつが気になりましてね」

おっかなびっくり、細心の注意を払いながらそうっと指を女に近づけてみたことがあ

った。だが、指先が触れる寸前、女の姿はすうっと薄れて泡のように消えてしまったという。

「何度かやってみたんですが、いっつも消えちまうんです。そうなるとなんだか、こっちが悪いことをしている気になっちまって。それで、やめにしたんです。……それに、もし触わることができたとしても、それでこん人が嫌がって、二度と姿を見せなくなったらと思うと」

「なるほど、そうでしたか」

自分も試してみたいという、うずうずした思いはあったが、ここは文吉の気持ちを汲んで、瓢仙はふむとうなずくだけに留めた。

そうこうしているうちに、女は頬に添えていた手を下げると、諦めたように家の中にとって返した。ぱたん、と二人の見ている前で、腰高障子が閉ざされた。

「それで、どうしたんだい？」

いつの間にか銀次は、身を乗りだして話に聞き入っていた。そわそわとそう訊ねると、瓢仙は首を振った。

「どうもこうも。こっちの声が聞こえないんじゃ、話しかけることもできませんからね。それきり女が外には出てこなかったので、その日はそれでお開きになりました」

また来ると言って、瓢仙は文吉の長屋から引き上げたという。

「けどよ、なんだって先生にはその女が見えたんだろうな」と、銀次は首を捻った。

「その文吉って野郎以外、他の誰にも姿が見えなかったんだろ？」

瓢仙は湯呑みを手にして、冷めた茶を一口、二口、ゆっくりと飲んだ。

「そこにいるとわかっていれば、ちゃんと見えるんですよ。……と、以前にもあなたに言いませんでしたっけ」

「ああ、まあ、聞いたような」

「他の人は文吉の話を半信半疑、というより端から信じてはいなかったんでしょう。ひながたに住むような小さな人間などいるわけがないと思い込んでいるから、見えなかったんです」

そんな話を端からすんなり信じることができるのはこの先生くらいのものだろうなと、銀次は胸の内で苦笑する。縁側に腰かけたまま、よいしょと足を組み直すと、

「で？　まさかその話はここで終いってんじゃねえだろな」

せっかちな人ですねえ、と瓢仙は湯呑みを置いて笑った。

「あなたのせいで話が逸れたんですよ。もちろん、まだ先がありますとも」

「へっ、そうでなくちゃ」

文吉の長屋を訪れた、数日後のことです——と、瓢仙はふたたび語りはじめた。


その日の朝、目覚めた瓢仙はふと、上野へ行こうと思い立った。

支度をし、外出する旨をタキに告げて家を出ると、まるで何かに急き立てられるように明神下の坂を上り、不忍池へとつづく武家屋敷の通りまで来て——ようやく、おやと首をかしげた。

どうも妙だ。上野へ行ってどうするというのか。目的も、用向きもない。寺へ詣でるつもりもないし、ただただ漠然と上野へ行こう、行かなければという想いが胸に湧きあがってここまで足を進めて来たことに気づいたのである。

まるで狐につままれたような心持ちで、瓢仙はしばしその場に足を止め、考え込んだ。

——まあ、いいとしましょう。

結局、また歩き出した。

せっかくここまで来て、引き返す手もない。こういう時は、おのが気持ちに逆らわぬほうがよい。どうせ時間はあるのだし、久しぶりに寛永寺の境内を散策してから池之端あたりで蕎麦でも手繰って帰るとしようと、鷹揚に構えることにした。

広小路に入り、ぶらぶらと歩きながら忍川に架かる三橋の手前まで来た時だった。

「おおい、待ってくれ！」

突然、背後から声と足音が追ってきた。瓢仙が振り向くと、一人の町人の男が血相を変えてこちらに駆けてくる。その勢いのままつんのめるように彼の前で足を止めると、

「あ、あんた、医者の先生かい？」

ぜいぜいと息を切らせながら、訊いた。剃髪に加えて、紗の黒無紋の十徳を着流しの上に羽織った瓢仙のなりから、遠目にもそうと見当をつけたものらしい。

「ええそうですが、でもあたしはもう隠居の身――」

「だったら話は早ぇ、先生、一緒に来てくだせえ！」

否も応もない。みなまで言う前に男に腕を掴まれ引っぱっていかれた先は、広小路からひとつ角を曲がった脇道の先にある、一軒の飯屋だった。

昼飯時には早く、まだ仕込みの時間と思われるのに、店の前には人だかりができてい

る。それを掻き分けて、男は瓢仙を店の中に押し込んだ。

「医者を連れて来たぜ!」

ああ助かったと、店内にいた年嵩の女がほっとした顔をする。この店のおかみのようだ。主人らしき男も調理場から顔を出して、瓢仙に頭を下げた。

「松吉さん、すまないねえ」

「いやなに、この店にゃ、いつも美味い飯を食わせてもらってるからな。お医者を呼びに行こうとした矢先に、たまたまこの先生が広小路を歩いているところを見かけてよ」

瓢仙を連れて来た男は、店の常連客であるのだろう。礼を言うおかみに照れくさげに応じると、さっさと表の野次馬たちの中に紛れてしまった。

事情もわからずあとに残されて、

「さて、病人か怪我人がいるのですか」

瓢仙が訊ねると、おかみは困惑した様子で「それが、さっぱりわからないんですよ」と言う。この少し前、女中の一人が店先を掃除している最中に突然倒れて、そのまま目を覚まさないということだった。

「お園という女中なんですが、奥におりますんで、診てやってください」

案内されたのは調理場のつづきにある三畳ほどの板敷きの間、女中はそこに薄い布団を敷いて寝かされていた。衝立を置いて調理場からの目隠しにしてあるのは、おかみの気配りだろう。

こんなことなら薬箱を持ってくるのだったと思いながら、とりあえず脈を取ろうと女の傍らに膝を折った瓢仙は、お園という女の顔を見て、ふいに胸が騒いだ。

――どこかで会ったことがあるような。

歳の頃は二十四、五。お園は棒縞の着物に、麻の葉模様の藍の前掛けをつけていた。よくよくその顔立ちを見つめて、瓢仙は胸の内で大きくうなずいた。

――これは、間違いない。

文吉のひながたにいた、あの女だ。

と、それまで横になったまま身じろぎもしなかったお園が、ぱちりと目を開けた。気がついたとたんに半身を起こし、驚いたように周囲を見回した。

「あらいやだ、おかみさん、あたしどうしちまったんだろう」

「どうしちまったってのは、こっちの台詞(せりふ)だよ」布団をはさんで瓢仙の反対側に座っていたおかみは、気が抜けたように首を振った。「あんた、いきなり倒れちまったんだよ。

覚えてないのかい。それでこうして、お医者様まで呼ぶ騒ぎだってのに」

「え、お医者様を……」

お園は瓢仙を見て、にわかに慌てたようにさらに身体を起こした。布団の上に座り直そうとするのを、瓢仙は止めて、

「ひどい顔色ですよ。そのまま寝ていなさい。どこか痛いところや苦しいところはありますか。熱があって身体がぞくぞくするといったことは」

「ただの立ちくらみですよ。悪いところなんて、どっこも」

瓢仙が脈を取り、目蓋（まぶた）をめくって血色を確かめている間も、お園は「あたしは元気なんですよ」と困ったように言いつづけた。

「あんたねえ、元気な人間が掃除中にひっくり返ったりするものかね」と、ついにおかみが叱りつけた。「今、白湯を持ってきてやるから。ああだこうだ言ってないで、ちゃんと先生に診てもらうんだよ。あんたみたいに女の独り身で、本当に身体を悪くしちまったら、二進（にっち）も三進（さっち）もいかなくなるんだからね」

おかみが席を外したのを見計らって、瓢仙は「さて」と呟いた。医者に対してしゃちこばっている様子のお園に、少しくだけた口調で話しかけた。

「医者になんでもない大丈夫だと言い張る人は、たいていは自分の不調の理由がわかっているものです。わかっているけど、周囲にそれを知られたくない場合はとくにね。あなたにも何か心当たりがあるんじゃないですか」

すると、お園はたちまちばつの悪そうな表情を見せた。今度こそもぞもぞと起き上がり、頬に片手をあててため息をついた。――その仕草にも、見覚えがある。

「ええ、まあ……実を言うと、このところずっと、夜によく眠れていなかったものですから。うとうとすると、おかしな夢を見るもんで、ちっとも寝た気にならないんです」

朝に起きた時には、ぐったり疲れているのだという。

「ですから、悪いところなんて本当にないんですよ。でもまさか、旦那さんやおかみさんに心配をかけて、こうしてお医者様まで呼んでもらったのに、今さらただの寝不足のせいだなんてとても言えなくて」

要するにこんな騒ぎになって、お園にしてみればきまりが悪いやら、申し訳ないやらなのだろう。言うに言えずに、自分は医者いらずなくらい元気だと懸命に取り繕っていたわけだ。

「夜に眠れないというのは、けして軽く考えていいことではありませんよ。寝なければ身体が休まらず、気力も弱って、結局は病を患う原因にもなるのですから」

　瓢仙は諭すように言ってから、まるで内緒話でもするように声を低めた。

「ところで差し支えなければ、そのおかしな夢というのはどんなものなのか、教えていただけませんか」

「え、あたしの夢ですか?」

　意外なことを訊かれたというように、お園は目をしばたたかせた。が、瓢仙が大真面目なのを見て、まだ戸惑いつつも、

「それがね、いつも同じ夢なんですよ。ふと気がつくと、あたしはどこか知らない長屋にいるんです——」

　家の中には、彼女の他は誰もいない。外に出ても、あたりはぽやぽやと白い霧に覆われているようで、向かいの棟も隣家も見えないのだという。不思議なことに、それが怖いとか心細いという気持ちはなく、ただ、おかしいなあと夢の中のお園は首を捻っているらしい。

「ほう。その夢を見るようになったのは、いつから?」

　瓢仙に問われ、お園はちょっと考えて半月ばかり前からだと答えた。

最初の頃は見知らぬ場所で首を捻るばかりのお園だったが、そのうち夢の中なりに馴染んできたのか、今度は別のことが気になりだした。

「その長屋ってのが、人が住むにしちゃいろんな物が足りていないんですよ。ええ、生活するための細々とした道具やなんかがね。それであたし、ない物を探し回ってずっと家の中や外をうろうろしているんです」

探し物は毎回違っていて、昨夜は手桶だった。その前の夜は箒。搔巻や団扇を、一生懸命に探していたこともあったという。

「おかしな話でしょ。自分の家でもないのにね。でも、とにかく気になって気になって、ないないって思いながらしゃかりきにあちこち探して、いい加減くたびれて目が覚めるってことの繰り返しで」

お園はまた頬に手を添えて、げんなりしたようにため息をついた。

「夢の中で、これがただの夢だって自分でわかってりゃ、探し物なんてうっちゃって、ぐっすり眠ることだってできると思うんですけどねえ」

なるほど、と瓢仙はうなずいた。胸の内で、ぽんと手を叩いていた。

――なるほど、そういうわけでしたか。

「探していたのは、手桶と箒、それに搔巻と団扇ですね。他にもありましたか？」

「……確か、火鉢も」

瓢仙はうなずいた。

「その夢は多分、数日のうちには解決しますよ」

お園はえっと目を瞠った。

「でも先生、どうやって――」

「あなたがそんな夢を見る理由に、心当たりがあるということです。まあ、信じてお待ちなさいよ。きっとまた、よく眠れるようになりますから」

ちょうどおかみが白湯を運んで来たので、「この人は疲れが溜まっていたようです」と瓢仙はもっともらしく言った。

「なに、少しばかり休養をとれば大丈夫でしょう。表にいる人たちにもそう伝えて、安心させておやりなさい」

飯屋を出たあと、瓢仙はその足で文吉のもとに向かった。お園から聞いた物の名を並べて、大急ぎで作ってひながたに置くように言った。

「へえ、手桶に箒に搔巻と、団扇と火鉢ですかい？」

当然ながら文吉はひどく驚いていたが、瓢仙は「理由は今は訊かないでくださいよ」と言っただけだった。種明かしはまだ早い。こういうことは、急いではいけないのだ。縁の結び方にも、手順というものがある。

「細工は難しいですか？」

「や、たいしたこっちゃありません。いずれ揃えるつもりだったもんばかりなんで。箒と団扇くらいなら、今日のうちにでも作れまさ」

わけがわからないなりに文吉がしっかりとうなずいたので、「では頼みましたよ」と念を押して瓢仙は家に帰った。

それからかっきり三日の間を置いて、瓢仙はふたたび、お園のいる飯屋を訪ねた。

「まあ、先生」

折よく、お園が店の暖簾を出しにきたところに出会(でくわ)した。暖簾には紺地に白く『はなぶさ』と染め抜かれてあって、それが店名であるらしい。

「先日は、どうもありがとうございました」

今日のお園は、すっかり顔色もよく潑剌(はつらつ)として見えた。

「先生の仰ったとおりでしたよ。おかげさまで、あれから毎晩よく眠ることができるようになりました」

「もう夢は見なくなりましたか」

そう訊けば、お園は笑って「いえ、見ることは見るんですよ」と言った。

「でも、探し物の夢じゃないんです」

いつもの長屋で、土間に所在なく佇んでいると、ほとほとと戸口を叩く者がいる。驚いて戸を引き開けると、そこに知らない男が立っていたという。

「あたしを見て、にこにこ笑ってね。どうぞって、箒と団扇を手渡されました。それが、先生に診ていただいた日の晩のことで」

次の日の夢では、男はうんしょうんしょと両腕に火鉢を抱えてやって来た。さらにその翌日には、手桶を届けに来た。

「それで昨夜なんですけどね。その人、手ぶらで来たんですよ。どうしたのかと思ったら、掻巻はもうちょっと待って欲しいって言うんです。縫い物は得意じゃねえんでって、困った顔でぺこぺこ謝るものだから、なんだかおかしくって。夢の中で思わず吹き出しちまいました」

思い出すとまた笑いがこみあげたようで、お園は口もとに手をあてててくっと声を漏らした。

「探し物をしていた時に比べれば、短い夢なんです。でもその人が来ると、あたしは不思議とほっとして、あとは朝までぐっすり眠れるんですよ」

それはよかったと、瓢仙はうなずく。

「その男は、どんなふうでした？」

そうですねえ、とお園はひょいと首を傾けた。

「残念ながら役者みたいな美男てわけにはいきませんけど、なんて言うか、根がまっすぐで人の好さそうな……でも、一途な職人という感じでしたよ。それと、ここのあたりに大きなホクロがありましたっけ」

お園は自分の鼻の横を指差した。

「あの人は一体、誰なんでしょうね。せめて名前くらい聞けばいいのに、あたしもてんで気がきかなくって。掻巻を届けに来たら、もうこれっきりかも知れないのに」

あとのほうは呟くように言ってから、お園はにわかに慌てたように、

「まあ、何を言っているんだろう、あたしったら。自分の夢の中の人間に、誰なんだろ

うもないものですよ、ねえ」

顔を赤くした彼女を、瓢仙は微笑ましく見た。

「お園さんは独り身でしたか」

「え？　ええ、まあ……先の亭主とずいぶん前に死に別れましてね。夫婦になって一年も経たないうちでした。それきり縁がなくて、いつの間にかこんな中年増に」

その時、店の中からおかみが呼ぶ声が聞こえた。――お園、暖簾を出すのにどれだけかかってるんだい。もう客が来ちまうよ。

「あらまあ、こんなところで立ち話だなんて、うっかりしてすみません、先生。どうぞ中に入ってくださいな。先日のお代もまだですし」

ただの寝不足で金はもらえませんよ、と瓢仙は笑った。

「それにあたしはもう医者はやめて、隠居の身なもので」

でも、とお園は思案顔になる。

「でしたらせめて、昼餉を食べて行ってくださいな。うちは菜飯が絶品なんですよ」

「それは次にここへ来た時の楽しみにとっておきましょう。この後、用がありましてね。あなたも元気になった様子ですし、今日のところはこれで失礼しますよ」

きっとですよ必ず来てくださいよ、とお園は残念そうに言った。そうして、ふと真顔になると、

「先生は不思議なお人ですねえ」

まじまじと瓢仙の顔を見た。

「あたしの夢のこともそうですけど、まるで何もかも全部、先生は端から知ってらしたような……」

「その後に文吉のところへ行ったら、本人はずいぶんとしょぼくれていましてね」

「行ったり来たり、ご足労なこった」

銀次がちょいと混ぜかえすと、

「こんな楽しいことなら、上野と伝通院の間を何度往復したってかまいませんよ、あたしは」

瓢仙はすまして応じた。

「そうかい。で、文吉はどうしたってんだ？」

「ええ、それがね。あたしが頼んだ物を大急ぎで作ってひながたに置いたはいいが、あ

ん人がぱったり姿を見せなくなったって言うんです」

　針仕事が得意でないのは本当らしく、それでも一晩かけてどうにかこうにか仕上げた小さな掻巻を握りしめて、文吉はがっくりと肩を落としていた。

「この掻巻をひながたに入れたら、もう二度とあん人はあらわれないんじゃないかって、えらく落ち込んでいまして」

「さっさと教えてやれよ。人が悪ぃな」

「もちろん、教えてやりましたとも。もうよかろうとあたしも思いましてね、文吉に言ったんです。――上野の広小路に『はなぶさ』という飯屋があるから、行ってごらん。三橋の手前の脇道を入ったところだよ、と」

　それだけで察するものはあったのだろう。文吉は掻巻を握ったまま、素っ飛んで行ったという。

「へえ。じゃ、文吉はお園に会えたんだな？」

　身を乗りだした銀次を見て、瓢仙は切れ長の目を細めた。悪戯がうまくいった子供のような顔だ。

「それどころか。二人は先月に固めの盃を交わして、今は仲睦まじい夫婦ですよ」

「えぇ」

　むろん聞き手としてはそうなって欲しい、いやそうならなければこの話のオチがつかないところだが、それにしたってせっかちにまとまったもんだと、銀次は感心すること半分、残り半分で呆れた。

　なんでも二人は飯屋で顔を合わせたとたん、お互いに「あっ」と叫んで、しばらく呆然と見つめ合っていたらしい。それから文吉がひながたの小さい人の話をし、お園のほうは自分が見た夢の話をして、これはもう神仏のお導きに違いないと、あとはとんとん拍子に事が運んだとのことだった。

「あたしも、あとで両人からずいぶんと感謝されたものです」

「けどよ、先生」

　水を差すつもりはないがと、銀次は指先で鬢のあたりを掻いた。

「ちょいと話が出来すぎじゃねえかい？　先生がたまたま出かけた先で、たまたま具合の悪くなった女を診る羽目になって、それが文吉のひながたにあらわれた当人だったたってなぁ……」

「そりゃ、そうです。たまたまそんなことが起こるわけがないじゃないですか」

「は？　だったら、本当に神仏のお導きだとでも言うのかよ」

「そこまで大仰な話ではなくて、おそらく――」

言いながら、瓢仙はごそごそと袖の中を探った。ああやっぱりいた、と呟いた。

「おそらく、この子の仕業ですよ」

瓢仙は袖から取りだした豆粒みたいな招き猫を、銀次に手渡した。掌の上にころりと転がしたそれを、銀次はぽかんとして見つめた。

「こいつは、文吉が作った芥子細工かい？　若先生が持って来たっていう」

「ええ。……どういうわけか、気がつくといつの間にかあたしの袖か懐か、巾着の中に忍び込んでいましてね。今だって、確かに奥の間の文机の上に置いてあったはずなんですけど」

お園に会った日も、瓢仙が出かけようと草履をつっかけたら、なぜか三和土に招き猫が落ちていた。奇妙に思いつつも、そのまま懐に入れて持ち歩いていたという。

「なんだよ、それじゃまるで、こいつが先生に取り憑いてるみたいじゃねえか」

「失礼なことを言いなさんな。福を招く縁起物ですよ」

知っていましたか、と瓢仙は微笑んだ。

「招き猫というのは、右の前足で金運を、左の前足で人との縁を招くんだそうです。この子は左の前足をあげていますから、人のほうですね」

「じゃあ、全部こいつが招いた巡り合わせだったとでも」

「あたしはそう思っていますが」

銀次はもう一度、掌の招き猫を見つめた。

では、事の起こりはどこからだ？　瓢仙は上野でたまたまお園に出会った。いや、その前、瓢仙が文吉に会いに行ったところからか。それとも、文吉がこれを宗真に渡し、さらに瓢仙の手に渡った時から――。

「剽げたツラしやがって」

銀次は苦笑して、招き猫を瓢仙に返した。なるほど、とうなずくしかなかった。

「すげぇな、文吉は。作った物に、やたらにあやかしが寄ってきやがる」

「いい職人です」

瓢仙はうなずいた。

「腕前ももちろんですが、それ以上に真っ直ぐに魂をこめて、物を作る人間なんでしょう。本人は意図しなくても、そういう人の作品は、いろいろと呼ぶんですよ」

「そういや、文吉のひながたは、その後どうなったんだ？」

「さすがに他人にくれてやる気にはなれないからと、そのまま家に置いてあるようです。ただし、小さな人はもうあらわれないそうで」

それはそうだろう。今は本物のお園がそばにいるのだから。

ところで、と瓢仙はあらためて銀次に顔を向けると、にこりとした。

「あたしの話は面白かったですか」

「……まあな」

「では約束どおり、夕餉につきあってもらいますよ」

たいそう機嫌よく言った瓢仙を横目で睨んで、銀次はため息をついた。癪だが、この先生はなかなかの語り上手だ。売り物としては、こういう大団円を好む客もいるだろう。

仕方ねえなと呟いて、銀次は縁側にどっしりと腰を落ち着けた。


聞きしに勝るとは、このことだ。もちろん、褒めていない。

宗真の無愛想っぷりである。

訪ねて来た宗真は、案の定というか一度すれ違っただけの銀次のことは記憶になかったらしく、縁側にいる彼の顔を見るなり「患者ですか」と瓢仙に訊いた。

「いや、その人はお伽屋の銀次さんと言って、あやかしにまつわる商いをしていてね、時々こうして、あたしと話をしに来るんだ」

「では病ではないと」

「見たとおり、ぴんしゃんしているよ」

「それは何より」

まったく心のこもらぬ口調で言うと、宗真は素っ気なく銀次に会釈して、「読みたい書物があるので」とそれきり瓢仙の部屋に籠もってしまった。

「俺ぁ、嫌われたのかい？」

宗真が立ち去ってから銀次が訊くと、瓢仙は早くもげんなりとした顔で首を振った。

「そんなことはありません。ただ、あなたが病人ではないので興味を失っただけです。すみませんね、ああいう子で」

なるほど、患者以外に関心がないとはこういうことかと、銀次は呆れたものだ。

いざ夕餉が始まってみると、宗真はタキが運んで来た膳を前に、ひたすら黙然として いた。時おり箸が止まって上の空の様子なのは、おそらく目の前にいる人間のことよりも、医術や書物のことばかりが頭に詰まっているからなのだろう。

「最近はどうだい。忙しいかい」

「いえ。いつもと変わりません」

「ここへ来るたびに診療所を空けるのでは、不都合もあるんじゃないか」

「往診のついでに寄ることが多いので、ご心配なく」

会話が続かない。

――こりゃ確かに、飯を食った気がしねえだろ。

膳につけられた焼き魚を箸でほじりながら、しかしなぜだか考えていたほど気詰まりな気はしねえなと、銀次は訝しんだ。必要最低限の言葉とはいえ、宗真が傍目(はため)にはけして嫌がりもせずに受け答えをしているように見えるからだろうか。

それよりも、妙にぎくしゃくとしている瓢仙のほうが面白い。この先生のこんな姿を見られただけでも、案外、儲けものかも知れないとすら思う。

――ほんとに苦手なんだな。

「銀次さん、何をにやにやしているんですか」

「おっと」

瓢仙に目で咎められ、せめて枯れ木も山の賑わい程度には役に立ってみるかと、銀次は宗真に声をかけた。

「若先生がたびたびここへ来るのは、何か理由でもあるのかい？」

「理由とは」

宗真は銀次に目を向けた。なぜそんなことを訊くのかという顔だ。

「いや、せっせと親に顔を見せに来るなぞ、孝行息子だなと」

「孝行のつもりはない。父のことが好きで私が会いたいから来ている」

ぶっと妙な音がした。汁物の椀に口をつけていた瓢仙が、派手に噎せた。

「そういう時は、身体を前屈みにしたほうがいいですよ、父さん」

冷静に進言する宗真と、咳き込んだまま言葉も出ない瓢仙を眺めながら、銀次は漬け物を口に放り込んだ。

——なんでえ、ちゃんと仲のいい親子じゃねえか。

こみあげてきた何とも言えない可笑しさとともに、銀次はそれをゆっくりと嚙みしめたのだった。

光文社文庫

文庫書下ろし

うろうろ舟(ぶね)　瓢仙(ひょうせん)ゆめがたり

著　者　霜(しも)島(じま)けい

2024年5月20日　初版1刷発行

発行者　三宅貴久
印　刷　萩原印刷
製　本　ナショナル製本

発行所　株式会社　光文社
〒112-8011　東京都文京区音羽1-16-6
電話（03）5395-8147　編集部
8116　書籍販売部
8125　制作部

ISBN978-4-334-10319-4　Printed in Japan

組版　萩原印刷